MAIGRET CHEZ L

Georges Simenon, écrivain belge d...........................à
Liège en 1903. Il décide très jeune d'écrire. Il a seize ans
lorsqu'il devient journaliste à *La Gazette de Liège*, d'abord
chargé des faits divers puis des billets d'humeur consacrés aux
rumeurs de sa ville. Son premier roman, signé sous le pseudo-
nyme de Georges Sim, paraît en 1921 : *Au pont des Arches,
petite histoire liégeoise*. En 1922, il s'installe à Paris avec son
épouse peintre Régine Renchon, et apprend alors son métier
en écrivant des contes et des romans-feuilletons dans tous les
genres : policier, érotique, mélo, etc. Près de deux cents romans
parus entre 1923 et 1933, un bon millier de contes, et de très
nombreux articles...
En 1929, Simenon rédige son premier Maigret qui a pour titre :
Pietr le Letton. Lancé par les éditions Fayard en 1931, le commissaire Maigret devient vite un personnage très populaire.
Simenon écrira en tout soixante-douze aventures de Maigret
(ainsi que plusieurs recueils de nouvelles) jusqu'à *Maigret et
Monsieur Charles*, en 1972.
Peu de temps après, Simenon commence à écrire ce qu'il
appellera ses « romans-romans » ou ses « romans durs » : plus
de cent dix titres, du *Relais d'Alsace* paru en 1931 aux *Innocents*, en 1972, en passant par ses ouvrages les plus connus :
La Maison du canal (1933), *L'homme qui regardait passer les
trains* (1938), *Le Bourgmestre de Furnes* (1939), *Les Inconnus
dans la maison* (1940), *Trois Chambres à Manhattan* (1946),
Lettre à mon juge (1947), *La neige était sale* (1948), *Les Anneaux
de Bicêtre* (1963), etc. Parallèlement à cette activité littéraire
foisonnante, il voyage beaucoup, quitte Paris, s'installe dans les
Charentes, puis en Vendée pendant la Seconde Guerre mon-
diale. En 1945, il quitte l'Europe et vivra aux Etats-Unis pendant dix ans ; il y épouse Denyse Ouimet. Il regagne ensuite la
France et s'installe définitivement en Suisse. En 1972, il décide
de cesser d'écrire. Muni d'un magnétophone, il se consacre
alors à ses vingt-deux *Dictées*, puis, après le suicide de sa fille
Marie-Jo, rédige ses gigantesques *Mémoires intimes* (1981).
Simenon s'est éteint à Lausanne en 1989. Beaucoup de ses
romans ont été adaptés au cinéma et à la télévision.

GEORGES SIMENON

Maigret
chez le coroner

LES PRESSES DE LA CITÉ

Les personnages ainsi que les événements relatés dans cet ouvrage sont purement imaginaires et ne sauraient avoir de rapports avec des êtres vivants ou ayant déjà vécu.

1

Maigret, deputy-sheriff

— Hé ! Vous.

Maigret se retournait, comme à l'école, pour voir à qui l'on s'adressait.

— Oui, vous, là-bas...

Et le vieillard décharné, aux immenses moustaches blanches, qui semblait sorti vivant de la Bible, tendait un bras tremblant. Vers qui ? Maigret regardait son voisin, sa voisine. Il s'apercevait enfin, confus, que c'était vers lui que tout le monde était tourné, y compris le coroner, y compris le sergent de l'Air Force qu'on interrogeait, l'attorney, les jurés, les sheriffs.

— Moi ? questionnait-il en faisant mine de se lever, étonné qu'on eût besoin de lui.

Or, tous ces visages souriaient, comme si tout le monde, sauf lui, était au courant.

— Oui, prononçait le vieillard qui ressemblait à Ezechiel, mais qui ressemblait aussi à Clemenceau. Voulez-vous vite éteindre votre pipe ?

Il ne se rappelait même pas l'avoir allumée. Confus, il se rasseyait en balbutiant des excuses, tandis que ses voisins riaient, d'un rire amical.

Ce n'était pas un rêve. Il était bien éveillé. C'était lui, le commissaire Maigret, de la Police Judiciaire, qui était là, à plus de dix mille kilomètres de Paris, à assister à l'enquête d'un coroner qui ne portait ni gilet ni veston et qui avait pourtant l'air sérieux et bien élevé d'un employé de banque.

Au fond, il se rendait parfaitement compte que son collègue Cole s'était gentiment débarrassé de lui, mais il ne parvenait pas à lui en vouloir, car il en aurait fait autant à la place de l'officier du F.B.I. Ne lui était-il pas arrivé d'agir de la même façon quand, deux ans auparavant, il avait été chargé de piloter en France son collègue M. Pyke, de Scotland Yard, et ne l'avait-il pas laissé souvent à quelque terrasse, comme on dépose un parapluie au vestiaire, en lui disant avec un sourire rassurant :

— Je reviens dans un instant...

Avec cette différence que les Américains étaient plus cordiaux. Que ce fût à New York ou dans les dix ou onze Etats qu'il venait de traverser, tous lui tapaient sur l'épaule.

— Quel est votre prénom ?

Il ne pouvait pourtant pas leur dire qu'il n'en avait pas. Force lui était d'avouer qu'il s'appelait Jules. Alors son interlocuteur réfléchissait un moment.

— Oh ! *yes*... Julius !

Ils prononçaient Djoulious, ce qui lui paraissait déjà moins mal.

— *Have a drink*, Julius ! (Bois un verre, Jules !)

Et ainsi, tout le long du chemin, dans des

6

quantités de bars, il avait bu un nombre incalculable de bouteilles de bière, de manhattans et de whiskies.

Il en avait encore bu tout à l'heure, avant de déjeuner, avec le maire de Tucson et le sheriff du comté, à qui Harry Cole l'avait présenté.

Ce qui l'étonnait le plus, ce n'était pas tant le décor, ce n'étaient pas les gens, c'était lui-même ou plutôt le fait que lui, Maigret, était ici, dans une ville de l'Arizona, et que, pour l'instant, par exemple, il était assis sur un des bancs d'une petite salle de la Justice de Paix.

Si on avait bu avant de se mettre à table, on avait servi de l'eau glacée avec le repas. Le maire avait été très gentil. Quant au sheriff, il lui avait remis un petit papier et une belle plaque en argent de deputy-sheriff comme on en voit dans les films de cow-boys.

C'était la huitième ou la neuvième qu'il recevait de la sorte, il était déjà deputy-sheriff de huit ou neuf comtés du New-Jersey, du Maryland, de la Virginie, de la Caroline du Nord ou du Sud, il ne savait plus au juste, de La Nouvelle-Orléans et du Texas.

Cela lui était arrivé souvent, à Paris, de recevoir des collègues étrangers, mais c'était la première fois qu'il effectuait à son tour un voyage de ce genre, un voyage d'études, comme on dit officiellement, « pour se mettre au courant des méthodes américaines ».

— Vous devriez passer quelques jours en Arizona, avant de gagner la Californie. C'est sur votre chemin.

C'était toujours sur son chemin. On lui faisait parcourir ainsi des centaines de milles. Ce que ces gens-là appelaient un petit détour était un détour de trois ou quatre jours.

— C'est tout à côté !

Cela signifiait que c'était à une fois ou deux la distance de Paris à Marseille, et il arrivait qu'il roulât en pullman une journée entière sans apercevoir une vraie ville.

— Demain, lui avait dit Cole, l'homme du F.B.I., qui l'avait pris en charge en Arizona, nous irons jeter un coup d'œil à la frontière mexicaine. C'est à deux pas.

Cette fois, cela ne voulait dire qu'une centaine de kilomètres.

— Cela vous intéressera. C'est par Nogales, la ville frontière, à cheval sur les deux pays, que passe la plus grande partie du marijuana.

Il avait appris que le marijuana, une plante du Mexique, remplace peu à peu, pour les intoxiqués, l'opium et la cocaïne.

— C'est par là aussi que sortent la plupart des autos volées en Californie.

En attendant, Harry Cole l'avait laissé tomber. Il devait avoir quelque chose à faire cet après-midi-là.

— Il y a justement une enquête devant le coroner. Cela vous amuserait d'y assister ?

Il avait amené Maigret, l'avait installé sur un des trois bancs de la petite salle aux murs blancs, où il y avait un drapeau américain derrière le juge de paix qui faisait les fonctions de coroner. Cole n'avait pas annoncé qu'il laisserait son collègue français tout seul. Il était allé serrer des mains, taper sur des épaules. Puis il avait dit négligemment :

— Je reviendrai vous prendre tout à l'heure.

Maigret ne savait pas ce que l'on jugeait. Personne, dans la salle, ne portait de veston. Il est vrai qu'il faisait une température d'environ quarante-cinq degrés. Les six jurés étaient assis sur le même banc que lui, à l'autre bout, du côté de la porte, et il y avait parmi eux un nègre, un Indien à la forte mâchoire, un Mexicain qui tenait un peu des deux premiers et une femme d'un certain âge qui portait une robe à fleurs et un chapeau drôlement planté sur le devant de la tête.

De temps en temps, Ezechiel se levait et essayait de régler l'immense ventilateur qui tournait au plafond et faisait tant de bruit qu'on entendait difficilement les voix.

Cela avait l'air de se passer gentiment. En France, Maigret aurait dit « à la papa ». Le coroner était sur une estrade et, sur sa chemise d'un blanc immaculé, il portait une cravate de soie à ramages.

Le témoin, ou l'accusé, Maigret ne savait pas au juste, était assis sur une chaise près de lui. C'était un sergent de l'aviation, en uniforme de coutil beige. Il y en avait quatre autres, en rang, en face des jurés, et on aurait dit des écoliers qui ont trop poussé.

— Racontez-nous ce qui s'est passé le soir du 27 juillet.

Celui-là était le sergent Ward, Maigret avait entendu son nom. Il mesurait un mètre quatre-vingt-cinq pour le moins et avait des yeux bleus sous d'épais sourcils noirs qui se rejoignaient à la base du nez.

— Je suis allé chercher Bessy chez elle vers sept heures et demie.

— Plus haut. Tournez-vous vers le jury. Vous entendez, jurés ?

9

Ces messieurs faisaient signe que non. Le sergent Ward toussait pour s'éclaircir la voix.

— Je suis allé chercher Bessy chez elle vers sept heures et demie.

Maigret devait faire un effort double, car il n'avait guère eu l'occasion de pratiquer l'anglais depuis le collège, et des mots lui échappaient, des tournures de phrase le déroutaient.

— Vous êtes marié et vous avez deux enfants ?

— Oui, monsieur.

— Depuis combien de temps connaissez-vous Bessy Mitchell ?

Le sergent réfléchissait, comme un bon élève avant de répondre à une question de l'instituteur. Un instant, il regardait quelqu'un assis à côté de Maigret et que celui-ci ne connaissait pas encore.

— Depuis six semaines.

— Où l'avez-vous rencontrée ?

— Dans un *drive-in* où elle était serveuse.

Maigret avait appris à connaître les *drive-in*. Souvent, ceux qui étaient chargés de le piloter arrêtaient leur voiture, surtout le soir, devant un petit établissement au bord de la route. On ne sortait pas de l'auto. Une jeune femme s'approchait, prenait la commande, leur apportait des sandwiches, des *hot-dogs* ou un spaghetti sur un plateau qui s'accrochait à la portière de la voiture.

— Vous avez eu des rapports sexuels avec elle ?

— Oui, monsieur.

— Le soir même ?

— Oui, monsieur.

— Où cela s'est-il passé ?

— Dans l'auto. Nous nous sommes arrêtés dans le désert.

Le désert, sable et cactus, commençait aux portes de la ville. Il subsistait même des pans de désert entre certains quartiers.

— Vous l'avez revue souvent après cette date ?

— A peu près trois fois par semaine.

— Et vous aviez chaque fois des rapports avec elle ?

— Non, monsieur.

Maigret s'attendait presque à entendre le petit juge méticuleux demander : « Pourquoi ? »

Mais sa question fut :

— Combien de fois ?

— Une fois par semaine.

Or, il n'y eut que le commissaire à avoir un léger sourire.

— Toujours dans le désert ?

— Dans le désert et chez elle.

— Elle vivait seule ?

Le sergent Ward regarda les visages le long des bancs, désigna une jeune femme assise à la gauche de Maigret.

— Elle vivait avec Erna Bolton.

— Qu'avez-vous fait, le 27 juillet, après que vous êtes allé chercher Bessy Mitchell chez elle ?

— Je l'ai conduite au *Penguin Bar*, où mes amis m'attendaient.

— Quels amis ?

Cette fois, il désigna les quatre autres soldats en uniforme de l'aviation, les nomma un à un.

— Dan Mullins, Jimmy Van Fleet, O'Neil et Wo Lee.

Ce dernier était un Chinois qui paraissait à peine seize ans.

— Il y avait d'autres personnes avec vous au *Penguin* ?

— Non, monsieur. Pas à notre table.

— Il y avait des gens à une autre table ?

— Il y avait le frère de Bessy, Harold Mitchell (c'était le voisin de droite de Maigret, et celui-ci avait remarqué qu'il avait un gros furoncle sous l'oreille).

— Il était seul ?

— Non. Avec Erna Bolton, le musicien et Maggie.

— Quel âge avait Bessy Mitchell ?

— Elle m'avait dit vingt-trois ans.

— Saviez-vous qu'elle n'avait en réalité que dix-sept ans et que, par conséquent, elle n'avait pas le droit de consommer dans un bar ?

— Non, monsieur.

— Vous êtes sûr que son frère ne vous l'a pas dit ?

— Il me l'a appris plus tard, quand, chez le musicien, elle s'est mise à boire du whisky à la bouteille. Il m'a dit qu'il ne voulait pas qu'on fasse boire sa sœur, qu'elle était mineure, que c'était lui qui en avait la surveillance.

— Ignoriez-vous que Bessy était mariée et divorcée ?

— Non, monsieur.

— Vous lui aviez promis de l'épouser ?

Le sergent Ward hésitait visiblement.

— Oui, monsieur.

— Vous vouliez divorcer pour l'épouser ?

— Je lui avais dit que je le ferais.

Dans l'encadrement de la porte, se tenait un gros deputy-sheriff — un confrère ! — en pantalon de toile jaunâtre, à la chemise déboutonnée, qui portait une ceinture de cuir pleine de cartouches ; un énorme revolver à crosse de corne lui pendait sur la fesse.

— Vous avez bu tous ensemble ?

— Oui, monsieur.

— Vous avez beaucoup bu ? Combien de verres à peu près ?

Ward fermait un instant les yeux pour se livrer à un calcul mental.

— Je n'ai pas compté. D'après les tournées, peut-être quinze ou vingt bières.

— Chacun ?

Et lui, très simplement :

— Oui, monsieur. Et aussi quelques whiskies.

Chose curieuse, personne ne paraissait surpris outre mesure.

— C'est au *Penguin* que vous avez eu une altercation avec le frère de Bessy ?

— Oui, monsieur.

— Est-il exact qu'il vous reprochait d'avoir des relations avec sa sœur, alors que vous êtes un homme marié ?

— Non, monsieur.

— Il ne vous l'a jamais reproché ? Il ne vous a pas prié de laisser sa sœur tranquille ?

— Non, monsieur.

— Pour quel motif vous êtes-vous disputés ?

— Parce que je lui réclamais l'argent qu'il me devait.

— Il vous devait une grosse somme ?

— A peu près deux dollars.

A peine le prix d'une de ces nombreuses tournées du *Penguin*.

— Vous vous êtes battus ?

— Non, monsieur. Nous sommes sortis sur le trottoir. Nous nous sommes expliqués et nous sommes rentrés pour boire ensemble.

— Vous étiez ivre ?

— Pas encore très.

— Ne s'est-il rien passé d'autre au *Penguin* ?

— Non, monsieur.

— En somme, vous buviez. Vous avez bu jusqu'à une heure du matin, heure de la fermeture du bar.

— Oui, monsieur.

— Un de vos camarades ne faisait-il pas la cour à Bessy ?

Le sergent Ward fut un moment avant d'admettre :

— Le sergent Mullins.

— Vous lui en avez parlé.

— Non. Je me suis arrangé pour qu'il ne soit pas à côté d'elle.

Son camarade Mullins était de la même taille que lui, un brun aussi, que les filles devaient trouver beau garçon et qui rappelait vaguement une vedette de cinéma, sans qu'on pût dire au juste laquelle.

— Qu'est-il arrivé à une heure du matin ?

— Nous sommes allés chez le musicien Tony Lacour.

Celui-ci devait se trouver dans la salle, mais Maigret ne le connaissait pas.

— Qui a payé les deux bouteilles de whisky que vous avez emportées ?

— Je crois que Wo Lee a payé une des bouteilles.

— A-t-il bu avec vous pendant toute la soirée ?

— Non, monsieur. Le caporal Wo Lee ne boit pas et ne fume pas. Il a insisté pour payer quelque chose.

De combien de pièces se compose l'appartement du musicien ?

— ... Une chambre... un petit living-room... une salle de bains et une cuisine...

— Dans quelle pièce vous êtes-vous tenus ?

— Dans toutes, monsieur.

— Dans laquelle des pièces vous êtes-vous disputé avec Bessy ?

— Dans la cuisine. Nous ne nous sommes pas disputés. J'ai trouvé Bessy qui buvait du whisky à la bouteille. Ce n'était pas la première fois que cela arrivait.

— Vous voulez dire la première fois ce soir-là ?

— Je veux dire que cela lui était arrivé d'autres fois avant le 27 juillet. Je ne voulais pas qu'elle boive trop, car après elle était malade.

— Bessy se trouvait seule dans la cuisine ?

— Elle était avec lui.

Il désignait le sergent Mullins d'un mouvement de menton.

Et voilà qu'il arrivait à Maigret, tout à l'heure lourd et somnolent, à Maigret qui ne connaissait rien de l'affaire, d'ouvrir parfois la bouche, comme si une question lui brûlait les lèvres.

— Qui a proposé d'aller en auto passer le reste de la nuit à Nogales ?

— C'est Bessy.

— Quelle heure était-il ?

— Environ trois heures du matin. Peut-être deux heures et demie.

Nogales, c'était cette ville frontière où Harry Cole voulait conduire le commissaire. Alors qu'à Tucson les bars ferment à une heure du matin, on peut, de l'autre côté de la grille, boire à toute heure de la nuit.

— Qui s'est installé dans votre voiture ?

— Bessy et mes quatre camarades.

— Le frère de Bessy ne vous a pas accompagnés, ni le musicien, ni Erna Bolton, ni Maggie Wallach ?

— Non, monsieur.

— Vous ne savez pas ce qu'ils ont fait ?

— Non, monsieur.

— Comment, au début, étiez-vous placés dans l'auto ?

— Bessy était devant, entre moi, qui conduisais, et le sergent Mullins. Les trois autres étaient derrière.

— N'avez-vous pas arrêté la voiture un peu avant de sortir de la ville ?

— Oui, monsieur.

— Et vous avez demandé à Bessy de changer de place. Pourquoi ?

— Pour qu'elle ne soit plus à côté de Dan Mullins.

— Vous l'avez fait asseoir derrière, et le caporal Van Fleet est venu prendre sa place. Cela vous était égal qu'elle soit derrière votre dos, dans l'obscurité, avec les deux autres ?

— Oui, monsieur.

Tout à coup, sans que rien eût permis de le prévoir, le coroner laissait tomber :

— Suspension !

Il se levait, se dirigeait vers le bureau voisin

sur la porte vitrée duquel était écrit le mot « privé ». Ezechiel tirait une énorme pipe de sa poche et l'allumait en lançant un drôle de regard à Maigret.

Tout le monde sortait, les jurés, les soldats, les femmes, les quelques curieux.

C'était au rez-de-chaussée d'un vaste bâtiment de style espagnol, avec des colonnades autour d'un patio dont une aile abritait la prison et l'autre les différents services administratifs du comté.

Les cinq de l'Air Force allaient s'asseoir au bord de la colonnade, et Maigret remarqua qu'ils ne s'adressaient pas la parole. Il faisait extrêmement chaud. Dans un coin de la galerie, il y avait une sorte de machine rouge où les gens mettaient cinq cents dans une fente et recevaient en échange une bouteille de coca-cola.

Ils y venaient presque tous, y compris le monsieur à cheveux gris qui devait être l'attorney du comté. Chacun buvait à la bouteille, sans façon, posait ensuite le flacon vide dans un casier.

Maigret se sentait un peu comme un gamin à sa première récréation dans une nouvelle école, mais il n'avait plus envie qu'Harry Cole vienne le chercher tout de suite.

Il ne lui était jamais arrivé auparavant de pénétrer sans veston dans un tribunal, et cette question vestimentaire avait posé un problème. Dès qu'il avait franchi une certaine ligne, du côté de la Virginie, il avait compris qu'il ne pouvait continuer à passer ses journées en veston et en faux col.

Or, toute sa vie, il avait porté des bretelles.

Ses pantalons, coupés en France, lui montaient jusqu'à mi-hauteur de la poitrine.

Il ne savait plus dans quelle ville un de ses confrères l'avait conduit d'autorité dans une maison de confection et lui avait fait acheter de ces pantalons légers qu'il voyait ici à tous les hommes, avec une ceinture de cuir dont la large boucle en argent portait une tête de bœuf.

D'autres, qui venaient de l'Est, étaient moins modestes que lui et se précipitaient dans des magasins dont ils ressortaient vêtus en cow-boys, des pieds à la tête.

Il remarquait que deux des jurés, qui avaient pourtant l'air de gens bien calmes, portaient, sous leur pantalon, des bottes à hauts talons, avec des incrustations multicolores.

Les revolvers à barillet qui ornaient la ceinture des sheriffs le fascinaient, car c'étaient exactement ceux que, depuis son enfance, il voyait au cinéma dans les westerns.

— Hello ! Jurés ! ... appelait sans façon Ezechiel, comme un maître d'école qui réunit sa marmaille.

Il frappait dans ses mains, vidait sa pipe contre son talon, surveillait du coin de l'œil celle de Maigret.

Celui-ci n'était plus si nouveau. Il retrouvait sa place, à cette différence près qu'Harold Mitchell, le frère au furoncle sous l'oreille, et Erna Bolton, qu'il avait involontairement séparés, s'étaient installés côte à côte et parlaient à voix basse.

En définitive, il ne savait pas encore si, dans cette histoire de bière, de whisky et de rapports sexuels hebdomadaires, il y avait quelqu'un de

18

mort. Ce qu'il connaissait plus ou moins, parce qu'il avait assisté à la chose en Angleterre, c'était le mécanisme d'une enquête de coroner.

Gentiment, presque timidement, le sergent Ward avait repris sa place sur sa chaise. Ezechiel était à nouveau aux prises avec le ventilateur, et le coroner enchaînait, l'air indifférent :

— Vous avez arrêté la voiture à huit milles de la ville environ, un peu après le terrain municipal d'aviation. Pourquoi ?

Maigret ne comprit pas tout de suite. Heureusement que Ward parla si bas qu'on dut lui faire répéter sa réponse, et la rougeur du grand gaillard aida le commissaire à deviner.

— Corvée de latrines, monsieur.

Peut-être ne trouvait-il pas d'autre mot décent pour dire qu'ils étaient allés faire pipi.

— Tout le monde est descendu ?

— Oui, monsieur. Je me suis éloigné d'une dizaine de mètres.

— Seul ?

— Non, monsieur. Avec lui !

Il désignait à nouveau Mullins contre qui il paraissait avoir une dent.

— Vous ne savez pas où Bessy est allée pendant ce temps ?

— Je suppose qu'elle s'est éloignée aussi.

Il était difficile de ne pas évoquer la vingtaine de bouteilles de bière ingurgitées par chacun.

— Quelle heure était-il ?

— Entre trois heures et trois heures et demie du matin, je suppose. Je ne sais pas au juste.

19

— Avez-vous vu Bessy lorsque vous êtes revenu à la voiture ?

— Non, monsieur.

— Et Mullins ?

— Il est revenu quelques instants plus tard.

— D'où ?

— Je ne sais pas.

— Qu'avez-vous dit à vos camarades ?

— J'ai dit : « Au diable, cette fille ! Cela lui fera une bonne leçon ! »

— Pourquoi ?

— Parce que cela lui était déjà arrivé.

— Qu'est-ce qui lui était arrivé ?

— De me quitter sans m'avertir.

— Et vous avez fait demi-tour ?

— Oui. J'ai roulé une centaine de mètres en direction de Tucson et je suis descendu.

— Pourquoi ?

— J'ai supposé qu'elle chercherait à rejoindre la voiture et j'ai voulu lui donner une chance.

— Elle était ivre ?

— Oui, monsieur. Mais cela lui était déjà arrivé aussi. Elle savait encore ce qu'elle faisait.

— Où êtes-vous allé en quittant l'auto ?

— J'ai marché vers la voie de chemin de fer qui longe la route, à une cinquantaine de mètres, dans le désert.

— Vous êtes monté sur le talus ?

— Oui, monsieur. J'ai parcouru environ cent mètres ; j'ai dû m'arrêter à peu près à l'endroit où Bessy nous avait quittés. Je criais son nom.

— Très fort ?

— Oui. Je ne l'ai pas vue. Elle n'a pas

répondu. J'ai pensé qu'elle voulait me faire enrager.

— Et vous avez regagné votre voiture. Vos camarades ne vous ont-ils rien dit quand ils vous ont vu mettre le moteur en marche et regagner Tucson sans plus vous occuper d'elle ?

— Non, monsieur.

— Considérez-vous que c'est agir en gentleman d'abandonner une femme, en pleine nuit, dans le désert ?

Ward ne répondit pas. Il avait le front bas, et Maigret commençait à trouver que ses gros sourcils lui donnaient un air buté.

— Vous avez regagné directement votre base ?

Celle-ci, Davis-Montain, une des bases principales de B-29, est à une dizaine de kilomètres de Tucson, dans une direction différente.

— Non, monsieur. J'ai laissé trois de mes camarades en ville, près du dépôt des autobus.

— Vous en avez gardé un avec vous. Qui ?

— Le sergent Mullins.

— Pourquoi ?

— Je voulais chercher Bessy.

— Vous êtes retourné sur la route de Nogales ?

— Oui, monsieur. Je me suis arrêté à peu près à l'endroit où nous avions stoppé la première fois.

— Vous êtes retourné sur la voie du chemin de fer ?

Un assez long silence.

— Non. Je ne crois pas. Je ne me souviens pas être descendu de la voiture.

— Qu'est-ce que vous avez fait ?

— Je ne sais pas. Je me suis réveillé au volant, l'auto tournée vers Tucson, et il y avait un poteau télégraphique devant moi. Je me rappelle le poteau télégraphique et un cactus tout près.

— Mullins était toujours avec vous ?

— Il dormait à côté de moi, le menton sur la poitrine.

— En somme, si je comprends bien, vous n'avez aucun souvenir de ce qui s'est passé avant votre réveil devant le poteau télégraphique ?

A un frémissement de lèvres de Ward, Maigret comprit que celui-ci allait dire quelque chose d'important.

— Non, monsieur. J'étais drogué.

— Vous voulez dire que vous n'étiez pas ivre ?

— Il m'est arrivé souvent de boire autant et même davantage. Je n'ai jamais perdu conscience. Personne ne m'a jamais fait perdre conscience. Je connais ma capacité. Cette nuit-là, on m'a drogué.

— Selon vous, on aurait mis quelque chose dans votre verre ?

— Ou dans une cigarette. Quand je me suis réveillé, j'ai pris machinalement mes cigarettes dans ma poche. J'ai trouvé des Camel. Or, je ne fume que des Chesterfield. Je fumais une cigarette de ce paquet-là quand, pour la seconde fois, j'ai perdu connaissance.

— En compagnie de Mullins.

— Oui.

— Vous soupçonnez Mullins d'avoir glissé des cigarettes droguées dans votre poche ?

— Peut-être.

— Vous le lui avez dit en vous réveillant ?

— Non.

— Vous lui avez parlé ?

— Non. J'ai conduit la voiture jusque chez moi. J'habite en ville avec ma femme et mes enfants. Mullins est monté dans l'appartement. Je lui ai lancé un oreiller pour qu'il se couche sur le canapé. J'ai dormi.

— Combien de temps ?

— Je ne sais pas. Peut-être une heure ? A six heures, je suis allé à la base avec lui pour prendre mon service et j'ai mis mon avion en ordre de vol.

— En quoi consiste votre travail ?

— Je suis mécanicien. Je vérifie l'appareil avant son envol et je reste à terre.

— Qu'avez-vous fait ensuite ?

— J'ai quitté la base vers onze heures du matin.

— Seul ?

— Avec Dan Mullins.

— Quand avez-vous appris la mort de Bessy Mitchell ?

— A trois heures de l'après-midi.

— Où étiez-vous ?

— Dans un bar de la Cinquième Avenue. Je buvais un verre de bière avec Mullins.

— Vous en aviez bu beaucoup depuis le matin ?

— Dix ou douze. Un sheriff est entré et m'a demandé si j'étais bien le sergent Ward. Je lui ai répondu que oui et il m'a prié de le suivre.

— Vous ne saviez pas encore que Bessy était morte ?

— Non, monsieur.

— Vous ignoriez que vos trois camarades,

que vous aviez laissés devant le dépôt des autobus, étaient repartis en taxi sur la route de Nogales, tout de suite après votre séparation ?

— Oui, monsieur.

— Vous n'avez pas aperçu le taxi sur la route ? Vous n'avez pas vu ni entendu un train venant de Nogales ?

— Non, monsieur.

— A la base, ce matin-là, vous n'avez rencontré aucun de ces trois amis ?

— J'ai croisé le sergent O'Neil.

— Il ne vous a rien dit ?

— Je ne me souviens pas exactement de sa phrase. C'est quelque chose comme : « *Pour ce qui est de Bessy, tout est O.K.* »

— Qu'en avez-vous conclu ?

— Qu'elle était probablement rentrée chez elle en faisant de l'auto-stop.

— Vous n'êtes pas allé à son domicile ce jour-là ?

— Si. En quittant la base, à onze heures. Erna m'a appris que Bessy n'était pas rentrée.

— C'était après que le sergent O'Neil vous avait dit que tout était O.K. ?

— Oui.

— Cela ne vous a pas paru le contredire ?

— J'ai pensé qu'elle était allée ailleurs.

— Vous avez bien dit tout à l'heure que votre intention était de divorcer pour épouser Bessy.

— Oui, monsieur.

— Vous affirmez que vous ne l'avez pas revue depuis le moment où vous vous êtes éloigné de la voiture avec le sergent Mullins ?

— Pas vivante, non.

— Vous l'avez revue morte ?

— Au dépôt funéraire, quand le sheriff m'y a conduit.

— Le sergent Mullins n'était pas dans l'auto lors du premier arrêt, quand vous avez repris place au volant, et n'est revenu que quelques instants plus tard ?

— Oui, monsieur.

— Pas de questions, attorney ?

L'attorney aux cheveux gris fit signe que non.

— Questions, messieurs les jurés ?

Même signe des cinq hommes et de la grosse femme qui, prévoyant le mot qui allait tomber des lèvres du coroner, préparait déjà son tricot.

— Suspension !

Ezechiel allumait sa pipe. Maigret allumait la sienne. Tout le monde se précipitait vers la galerie, et on cherchait des pièces de cinq cents dans ses poches pour la machine rouge à coca-cola.

Certains, pourtant, des initiés sans doute, franchissaient une porte mystérieuse, et Maigret remarqua que ceux-là avaient en reparaissant une haleine parfumée à l'alcool.

Au fond, il n'était pas encore trop sûr de la réalité de ce qui l'entourait. Le vieux nègre du jury, qui avait les cheveux coupés ras et qui portait des lunettes à montures d'acier, le regardait en souriant, comme s'ils étaient déjà copains, et Maigret lui sourit en retour.

2

Le premier de la classe

Il arrive de voir, dans un café d'habitués, en particulier dans un café de province, quelqu'un qui s'est égaré là parce qu'il a un train à attendre ou un rendez-vous ; assis sur la banquette, ennuyé et sommeillant, il suit d'un œil vague la partie de cartes qui se joue à la table voisine.

Il est visible qu'il ne connaît pas le jeu, mais le voilà bientôt qui, intrigué, cherche à comprendre. Petit à petit, il se penche pour apercevoir les cartes dans les mains des partenaires. Selon les coups, il donne maintenant des signes d'approbation ou d'impatience, et un moment arrive où il a toutes les peines du monde à ne pas intervenir.

C'est un peu comme l'intrus du café de province que Maigret se voyait lui-même cet après-midi-là et il en éprouvait quelque gêne. Mais c'était plus fort que lui. Il était mordu. Il entrait dans le jeu.

Déjà, pendant l'interrogatoire du sergent Ward, il lui était arrivé de se trémousser sur son banc. Il y avait des questions que le dernier venu de ses inspecteurs n'aurait pas manqué de poser et auxquelles le petit juge, si méticuleux dans sa mise et dans ses gestes, paraissait ne pas penser.

Certes, l'enquête du coroner n'est pas le procès. Ce que les jurés auraient à décider, c'est si, selon eux, Bessy Mitchell était morte de mort naturelle, si sa mort était accidentelle, ou enfin si elle était due à la malveillance ou à un acte criminel.

Le reste, dans les deux dernières hypothèses, viendrait plus tard, devant un autre jury.

— Racontez-nous ce qui s'est passé le 27 juillet, après sept heures et demie du soir.

N'était-ce pas déjà assez naïf d'avoir laissé les quatre garçons écouter la déposition de leur camarade ?

Le sergent O'Neil était plus petit, plus trapu que les autres. Ses cheveux clairs tiraient sur le roux et ondulaient. Avec ses traits épais, il ressemblait assez à un paysan du nord de la France, à un paysan bien astiqué, nettoyé à fond.

Bien nettoyés, ils l'étaient tous, et en général tout le monde dans la salle. Ces gens-là avaient un air de santé et de propreté qu'on voit rarement à une foule européenne.

— Nous sommes allés au *Penguin* et nous avons bu.

Celui-ci, c'était le bon élève, pas nécessairement l'élève intelligent, mais le bûcheur. Avant de répondre, il levait les yeux au plafond, comme à l'école, prenait le temps de réfléchir, puis parlait lentement, d'une voix neutre, égale, en se tournant vers les jurés comme on le lui demandait.

C'étaient des gamins, en somme, d'énormes gamins de vingt ans et plus, musclés, solidement charpentés, mais des gamins quand même, qu'on aurait pris par mégarde pour des grandes personnes.

— Combien de verres avez-vous bus ?

— A peu près vingt.

— Qui a payé les tournées ?

Celui-ci s'en souvenait. Avec le temps — car il prenait tout son temps pour répondre, — on apprenait que le sergent Ward avait payé deux tournées, que Dan Mullins avait payé presque tout le reste, qu'O'Neil, lui, n'en avait payé qu'une.

Celui-ci, Maigret aurait aimé le tenir entre quatre z'yeux, dans son bureau du quai des Orfèvres, et lui mijoter un bon petit interrogatoire à la chansonnette, rien que pour voir ce qu'il avait dans le corps.

Une question qu'il lui aurait posée, entre autres, car, en dehors de Ward, ils étaient tous célibataires, c'était :

« Avez-vous une maîtresse ? »

C'était, en effet, un sanguin, qui devait avoir de gros appétits sexuels. Cette nuit-là, ils étaient cinq pour une seule fille et ils étaient tous, sauf le Chinois, assez ivres. Est-ce que, dans l'obscurité de l'auto, des mains ne s'étaient pas égarées ?

Le coroner ne pensait pas à ces choses-là, ou bien, s'il y pensait, il n'y faisait pas allusion.

— Qui a décidé d'aller finir la nuit à Nogales ?

— Je ne m'en souviens pas exactement. J'ai pensé que c'était Ward.

— Vous n'avez pas entendu Bessy le proposer ?

— Non, monsieur.

— Comment étiez-vous placés dans la voiture ?

On aurait dit qu'il n'avait pas entendu la déclaration de son camarade, tant il prenait la peine de réfléchir.

— Après un moment, il a fait mettre Bessy derrière.

— Pourquoi ?

— Je suppose qu'il était jaloux de Mullins.

— Avait-il une raison d'être plus jaloux de Mullins que des autres ?

— Je ne sais pas.

— Qu'est-il arrivé quand l'auto a dépassé l'aéroport ?

— Nous nous sommes arrêtés.

— Pour quelle raison ?

Il regarda plus longuement le plafond, hésita, prononça enfin avec un petit coup d'œil à Ward, qui avait les yeux fixés sur lui :

— Parce que Bessy a refusé d'aller plus loin.

Il avait l'air de dire :

« Je suis désolé, mais c'est la vérité, et j'ai juré de dire toute la vérité. »

— Bessy n'a pas voulu continuer jusqu'à Nogales ?

— Non, monsieur.

— Pour quelle raison ?

— Je ne sais pas.

— Que s'est-il produit quand vous vous êtes arrêtés de la sorte ?

On entendit à nouveau le mot qui devait avoir cours dans l'armée : corvée de latrines.

— Bessy s'est éloignée de son côté ?

Ce fut encore plus long que les fois précédentes, et le regard resta accroché au plafond.

— Ce dont je me souviens, c'est que, quand elle est revenue, elle était avec Ward.

— Bessy est revenue ?

— Oui, monsieur.

— Elle est remontée dans la voiture ?

— Oui. L'auto a fait demi-tour et a repris la route de Tucson.

— A quel moment Bessy l'a-t-elle quittée ?

— Au second arrêt. Juste après le demi-tour, Bessy a déclaré à Ward qu'elle voulait lui parler.

— Elle était derrière, à côté de vous ?

— Oui. Le sergent Ward a stoppé. Ils sont descendus tous les deux.

— De quel côté se sont-ils dirigés ?

— Du côté de la voie du chemin de fer.

— Ils sont restés longtemps absents ?

— Le sergent Ward est revenu après vingt ou vingt-cinq minutes.

— Vous avez regardé l'heure ?

— Je n'avais pas de montre.

— Il est revenu seul ?

— Oui. Il a dit : « Au diable, cette fille ! Cela lui apprendra ! »

— A quoi faisait-il allusion ?

— Je l'ignore, monsieur.

— Vous avez trouvé naturel de rentrer en ville en abandonnant une femme dans le désert ?

Il ne répondit pas.

— De quoi avez-vous parlé en chemin ?

— Nous n'avons pas parlé.

— Aviez-vous emporté à boire ? Y avait-il une bouteille dans l'auto ?

— Je ne m'en souviens pas.

— Quand Ward vous a déposés en ville, en face du dépôt des autobus, vous a-t-il annoncé qu'il repartait à la recherche de Bessy ?

— Non. Il n'a rien dit.

— Cela ne vous a pas surpris qu'il ne vous conduise pas à la base ?

— Je n'y ai pas pensé.

— Qu'avez-vous fait à ce moment-là, le caporal Van Fleet, Wo Lee et vous ?

— Nous avons pris un taxi.

— De quoi vous entreteniez-vous ?

— De rien.

— Qui a décidé de prendre le taxi ?

— Je ne sais pas, monsieur.

— Combien de temps s'est écoulé entre le moment où Ward et Mullins vous ont quittés et le moment où vous avez pris le taxi ?

— A peine trois minutes. Plutôt deux.

De vrais gamins têtus, qui avaient évidemment quelque chose à cacher, mais dont il n'y avait rien à tirer. Pourquoi d'ailleurs s'y prendre de cette façon ? Maigret s'agitait sur son banc. Pour un peu, il aurait levé la main, comme à l'école, lui aussi, pour poser une question.

Tout à coup, il rougit en apercevant son collègue Harry Cole dans l'encadrement de la porte. Depuis combien de temps celui-ci l'observait-il avec ce sourire satisfait ? De loin, Cole lui adressa une mimique qui signifiait :

« Je suppose que vous préférez rester ? »

Et, après un bout de temps, il s'éloigna sur

la pointe des pieds, laissant Maigret à sa nouvelle passion.

— Où le taxi vous a-t-il déposés ?

— A l'endroit où nous nous étions arrêtés la
seconde fois.

— A l'endroit exact ?

— A cause de l'obscurité, je ne peux l'affirmer. Nous avons essayé de nous souvenir de
l'endroit exact.

— De quoi avez-vous parlé en route ?

— Nous n'avons pas parlé.

— Et vous avez renvoyé le taxi ? Comment
comptiez-vous rentrer en ville et regagner la
base ?

— En faisant de l'auto-stop.

— Quelle heure était-il ?

— Environ trois heures et demie.

— Vous n'avez pas rencontré l'auto de
Ward ? Vous n'avez vu ni celui-ci, ni Dan Mullins ?

— Non, monsieur.

Ward avait les yeux fixés sur lui, et O'Neil
évitait de le regarder ou, quand cela lui arrivait, il paraissait s'excuser, en homme qui est
obligé d'accomplir son devoir.

— Qu'avez-vous fait, tous les trois, une fois
sur la route ?

— Nous avons marché dans la direction de
Nogales, puis nous sommes revenus vers Tucson en longeant la voie de chemin de fer.

— Vous n'avez pas eu l'idée de chercher de
l'autre côté de la route ?

— Non, monsieur.

— Pourquoi ?

— Je ne sais pas.

— Vous avez marché longtemps ?

33

— Peut-être une heure.

— Sans voir personne ?

— Oui, monsieur.

— Sans parler ?

— Oui, monsieur.

— Qu'est-il arrivé ensuite ?

— Nous avons arrêté une auto qui passait et qui nous a reconduits à la base.

— Vous connaissez la marque de la voiture ?

— Non, monsieur, mais je crois que c'est une Chevrolet 1946.

— Vous avez parlé au conducteur ?

— Non, monsieur.

— Qu'avez-vous fait, une fois à la base ?

— Nous sommes allés dormir. A six heures, nous nous sommes occupés des avions.

Maigret bouillait. Il avait envie de secouer le petit juge, de lui dire :

« Vous n'avez donc jamais cuisiné un témoin de votre vie ? Ou bien est-ce exprès que vous évitez de poser les questions essentielles ? »

— Quand avez-vous appris que Bessy Mitchell était morte ?

— Quand son frère me l'a dit, vers cinq heures de l'après-midi.

— Que vous a-t-il dit exactement ?

— Qu'on avait trouvé Bessy morte sur la voie et qu'il allait y avoir une enquête.

— Qui était présent à cet entretien ?

— Wo Lee était avec moi dans la chambre. Il a déclaré : « Je sais ce qui s'est passé. » Mitchell s'est mis à le questionner. Et Wo Lee s'est contenté de répondre : « Je ne parlerai qu'au sheriff. »

Il était un peu plus de cinq heures, et, avec la même soudaineté que les autres fois, le coroner leva la séance en récitant d'un air distrait, cependant que sa main ramassait les papiers épars sur le pupitre :

— Demain, neuf heures et demie. Pas ici, mais à la Seconde Chambre, à l'étage au-dessus.

On s'en allait. Les cinq soldats, toujours sans s'adresser la parole, se réunissaient sous la galerie, et un officier les emmenait à travers le patio.

Harry Cole était là, en pantalon de gabardine, en chemise blanche, l'air d'un jeune sportif en bonne humeur.

— Cela vous a intéressé, Julius ? Que diriez-vous d'un verre de bière ?

On se retrouvait sans transition dans la chaleur, dans une luminosité épaisse, où les sons eux-mêmes étaient amortis. On apercevait dans le ciel les quatre ou cinq buildings de la ville. Les gens s'en allaient dans leur voiture, même l'Indien — Maigret découvrait qu'il avait une jambe de bois — qui ouvrait la portière d'une vieille auto au capot maintenu par des ficelles.

— Je parie que vous allez me demander quelque chose, Julius ?

Ils entraient dans la fraîcheur d'un bar réfrigéré où on voyait d'autres pantalons de gabardine, d'autres chemises blanches, des bouteilles de bière tout le long du comptoir. Il y avait aussi des cow-boys, des vrais, avec leurs pantalons de grosse toile bleue qui leur collait aux cuisses, leurs bottes à hauts talons, leur chapeau à large bord.

— C'est exact. Si nous pouvons remettre à

un autre jour la visite à Nogales, j'aimerais assister demain à la suite de l'enquête.

— A votre santé. Pas de questions ?

— Des tas. Je vous les poserai à mesure qu'elles me viendront à l'esprit. Y a-t-il des prostituées, ici ?

— Pas dans le sens que vous donnez à ce mot. Dans certains Etats d'Amérique, oui. L'Arizona les interdit.

— Bessy Mitchell ?

— C'est ce qui remplace.

— Ema Bolton aussi ?

— Plus ou moins.

— Combien la base compte-t-elle de soldats ?

— Cinq ou six mille, je ne m'en suis jamais préoccupé.

— La plupart sont célibataires ?

— Les trois quarts.

— Comment font-ils ?

— Comme ils peuvent. Ce n'est pas très facile.

Son sourire, qui le quittait rarement, n'était pas ironique. Il éprouvait certainement beaucoup de considération, peut-être même une certaine admiration pour Maigret, qu'il connaissait de réputation. Néanmoins, cela l'amusait de voir un Français aux prises avec des problèmes qui lui étaient si totalement étrangers.

— Moi, je suis de l'Est, déclara-t-il, non sans une pointe d'orgueil. Je viens de la Nouvelle-Angleterre. Ici, voyez-vous, c'est encore un peu la vie de frontière. Je pourrais vous faire rencontrer quelques vieux pionniers qui ont fait le coup de feu contre les Apaches, au début du

36

siècle, et qui se réunissaient à quelques-uns en tribunal pour pendre un voleur de chevaux ou de bestiaux.

Une demi-heure ne s'était pas écoulée qu'ils avaient bu chacun trois bouteilles de bière et qu'Harry Cole décidait :

— C'est l'heure des whiskies !

Après ils roulèrent en direction de Nogales, et Maigret, en traversant Tucson, était aussi dérouté devant la ville que devant le tribunal. Ce n'était pas une petite ville, puisqu'elle comptait plus de cent mille habitants.

Pourtant, en dehors du centre, du quartier des affaires où s'élevaient les cinq ou six buildings d'une vingtaine d'étages qu'on voyait se dresser dans le ciel comme des tours, cela ressemblait à un lotissement, ou plutôt à une série de lotissements juxtaposés, les uns plus riches, les autres plus pauvres, tous également neufs, pimpants, aux maisons sans étage.

Plus loin, les rues cessaient d'être pavées. Il y avait de grands vides où on ne voyait que du sable et quelques cactus. On dépassait l'aérodrome, et, sans transition, c'était le désert, avec le violet des montagnes dans le lointain.

— Voici approximativement l'endroit où cela s'est passé. Vous voulez descendre ? Prenez garde aux serpents à sonnettes.

— Il y en a ?

— Il arrive qu'on en trouve même en ville.

La voie du chemin de fer était une voie unique qui passait à une cinquantaine de mètres de la route.

— Je pense qu'il y a quatre ou cinq trains par vingt-quatre heures. Vous ne voulez vraiment pas que nous allions prendre un verre au Mexique ? Nogales est à deux pas.

Cent kilomètres ! Il est vrai qu'on les parcourut en moins d'une heure.

Une petite ville où une grille coupait les deux rues principales. Des hommes en uniformes. Harry Cole leur parlait, et l'instant d'après il s'enfonçait avec Julius dans un grouillement inattendu, dans des rues étroites, mal entretenues, où une luminosité bronzée paraissait n'avoir rien à faire.

— Nous allons commencer par les Caves, bien qu'il soit un peu trop tôt.

Des gamins à moitié nus les harcelaient pour cirer leurs chaussures, et des grandes personnes les arrêtaient au passage sur le seuil de toutes les boutiques où on vendait des souvenirs.

— Comme vous le voyez, c'est la foire. Quand les gens de Tucson, ou même de Phœnix et de plus loin, veulent s'amuser, ils viennent ici.

En effet, dans un bar immense, ils ne rencontrèrent que des Américains.

— Vous croyez que Bessy Mitchell a été tuée ?

— Je sais seulement qu'elle est morte.

— Par accident ?

— Je vous avoue que cela ne me regarde pas. Ce n'est pas un crime fédéral, et je ne m'occupe que des crimes fédéraux. Le reste est l'affaire de la police du comté.

Autrement dit, l'affaire du sheriff et de ses deputy-sheriffs. C'était bien ce qui ahurissait le plus le commissaire, beaucoup plus que cette foire baroque et odorante dans laquelle il était plongé.

Le sheriff, maître de la police du comté, n'était pas du tout un fonctionnaire, nommé à l'avancement ou par examens, mais un citoyen élu à la façon d'un conseiller municipal de la ville de Paris.

Peu importait son précédent métier. Il se présentait aux élections et faisait campagne.

Une fois élu, il choisissait à son gré ses deputy-sheriffs, autrement dit ses inspecteurs, ceux-là que Maigret avait vus avec de gros revolvers et tout plein de cartouches à leur ceinture.

— Ce n'est pas tout ! ajoutait Harry Cole avec une pointe d'ironie. En plus des deputy-sheriffs appointés, il y a tous les autres.

— Comme moi ? plaisanta Maigret en pensant à la plaque en argent qu'on lui avait remise.

— Je parle des amis du sheriff, des électeurs influents, à qui on remet la même plaque. Tous les ranchers, par exemple, ou à peu près, sont deputy-sheriffs. N'allez pas croire qu'ils prennent ça légèrement. Voilà quelques semaines, une voiture, volée par un dangereux convict échappé de prison, roulait entre Tucson et Nogales. Le sheriff de Tucson a alerté un rancher qui habite à peu près à mi-chemin. Celui-ci a téléphoné à deux ou trois voisins, éleveurs de bestiaux comme lui. Ils étaient tous deputy-sheriffs. Avec leurs autos, ils ont établi un barrage sur la route et, quand la voiture volée a essayé de le franchir, ils ont tiré dans les pneus, puis ils ont fait le coup de feu contre le type qu'ils ont fini par avoir au lasso. Qu'en pensez-vous ?

Maigret n'avait pas encore bu autant de verres que les gars du tribunal, mais cela commençait à compter, et il grommela drôlement :

— En France, c'est plutôt la police que les gens de l'endroit auraient essayé d'arrêter.

Il ne savait pas exactement quand ils avaient regagné Tucson...

Toujours piloté par Cole, il était entré au *Penguin Bar*, vers minuit, il ne se souvenait plus au juste. Il y avait un long comptoir en bois sombre et ciré, des bouteilles multicolores sur les étagères. Comme dans tous les bars, il régnait une lumière douce sur laquelle se détachaient les chemises blanches.

Dans le fond, trônait un phonographe automatique, important, ventru, chromé, près d'une machine dans laquelle, pendant une heure, un homme d'âge mur, avec l'espoir de gagner une partie gratuite, mit des sous, essayant d'envoyer des billes de nickel dans des trous.

Sur cette machine, on voyait, lumineuses, naïvement dessinées, des femmes en maillot de bain. Il y en avait une tout à fait nue, genre *Vie Parisienne,* sur un calendrier du bar.

Mais de vraies femmes, en chair et en os, on n'en trouvait guère. Deux ou trois, seulement, aux tables séparées les unes des autres par des cloisons d'un mètre cinquante de haut. Celles-là étaient accompagnées. Les couples se tenaient immobiles, la main dans la main, devant des verres de bière et de whisky, à écouter avec un sourire vague la musique qui sortait sans fin du phonographe.

— En somme, on rigole ! lança Maigret avec un rire grinçant.

Cole l'irritait, il n'aurait pu dire pourquoi. Peut-être était-ce son éternelle assurance qui lui mettait les nerfs en pelote.

C'était un simple officier du F.B.I. , et il pilotait une grosse voiture, d'une main, lâchant le volant pour allumer sa cigarette à plus de cent à l'heure. Il connaissait tout le monde. Tout le monde le connaissait. Que ce fût au Mexique ou ici, il frappait l'épaule des gens, et ils lui disaient avec une cordialité affectueuse :

— Hello ! Harry !

Cole présentait Maigret, et on secouait la main du commissaire comme à un copain de toujours, sans s'inquiéter de ce qu'il faisait là.

— *Have a drink !*

Buvez quelque chose ! Peu importe si c'était bon ou pas, du moment que ça se buvait.

Ici, le long du bar, il y avait des hommes rivés à leur haut tabouret, qui ne bougeaient pas, sinon de temps en temps pour lever le doigt, geste que le barman comprenait parfaitement. Quelques sous-officiers de l'aviation buvaient comme les autres. Peut-être existait-il des simples soldats, mais Maigret n'en avait pas encore vu.

— Si je comprends bien, ils rentrent à leur base à l'heure qu'ils veulent ?

La question surprit Cole.

— Bien entendu !

— A quatre heures du matin si cela leur plaît ?

— Du moment qu'ils ne sont pas de service, ils peuvent même ne pas rentrer du tout.

— Et s'ils sont ivres ?

— Cela les regarde. Ce qui compte, c'est qu'ils fassent ce qu'ils ont à faire.

Pourquoi cela le faisait-il enrager ? Est-ce parce qu'il se souvenait de son service militaire et de l'appel de dix heures, des semaines d'attente pour une pauvre permission de minuit ?

— N'oubliez pas que ce sont des volontaires.

— Je sais. Où les recrute-t-on ?

— Où on peut. Dans la rue. Vous n'avez pas vu les camions qui s'arrêtent parfois à un carrefour et qui jouent de la musique ? A l'intérieur sont exposées des photographies de pays exotiques, et un sergent explique les avantages du métier militaire.

Cole avait toujours l'air de jouer avec la vie, comme si c'était vraiment très amusant.

— On trouve un peu de tout, comme dans toutes les armées. Je suppose que, chez vous, il n'y a pas que les petits garçons sages qui s'engagent. Hello ! Bill ! Mon ami Julius. *Have a drink !*

Pour la dixième ou la vingtième fois de la soirée, Maigret entendait un inconnu lui raconter ses expériences parisiennes. Car tous ces gaillards-là étaient allés à Paris. Tous avaient le même petit air égrillard pour en parler.

— *Have a drink !*

A supposer que le coroner l'interroge demain matin, il pourrait répondre lui aussi :

— Je ne sais plus combien de verres. Peut-être vingt ?

42

Plus il buvait, plus il devenait taciturne, au point de prendre l'air buté du sergent O'Neil.

Il avait décidé de comprendre et il comprendrait. Voilà ! Il avait déjà trouvé pourquoi Harry Cole l'impatientait. L'homme du F.B.I. était persuadé, en somme, que Maigret était un grand homme dans son pays, mais qu'ici, aux États-Unis, il était incapable de quoi que ce fût.

Plus Cole le voyait réfléchir, et plus il s'amusait. Or Maigret professait, lui, que les hommes et leurs passions sont partout les mêmes.

Ce qu'il fallait, c'était cesser de voir ces différences, de s'étonner, par exemple, de la hauteur des buildings, du désert, des cactus, des bottes et des chapeaux de cow-boys, des machines à pousser des billes dans des trous et des phonographes automatiques.

« Il y avait cinq soldats avec une fille, bon. Et tous avaient bu. » Ils avaient bu comme Maigret était en train de boire, machinalement, comme tous les hommes qui étaient ici ce soir buvaient.

— Hello ! Harry !

— Hello ! Jim !

A croire que personne n'avait de nom de famille. A croire aussi qu'ils étaient tous les meilleurs amis du monde. Chaque fois que Cole lui présentait quelqu'un, il ajoutait d'un ton pénétré :

— Un bon garçon !

Ou bien :

— Un type épatant !

Pas une seule fois, il ne lui avait dit : « Une crapule. »

Où étaient les crapules ? Cela signifiait-il qu'il n'y en avait pas ?

Ou alors qu'on avait ici plus d'indulgence ?

— Vous croyez que les cinq soldats sont libres de sortir ce soir ?

— Pourquoi ne le seraient-ils pas ?

Qu'est-ce qu'il leur aurait servi à Paris ! Et, surtout, qu'est-ce qu'ils auraient pris en rentrant au quartier !

— On n'a rien relevé contre eux, n'est-ce pas ?

— Pas encore, grommela Maigret.

— Tant qu'un homme n'est pas déclaré coupable...

— Je sais !... Je sais !...

Il vida son verre d'un air mécontent. Puis il regarda un des couples. Il y avait bien cinq minutes que les bouches étaient collées, et on ne voyait pas les mains de l'homme.

— Dites-moi : ils ne sont probablement pas mariés ?

— Non.

— Ils n'ont donc pas le droit d'aller à l'hôtel ?

— A moins de s'inscrire comme mari et femme, ce qui est un délit qui peut les mener loin, surtout s'ils viennent d'un autre Etat.

— Où vont-ils faire l'amour ?

— D'abord il n'est pas prouvé que tout à l'heure ils auront encore besoin de le faire.

Maigret haussa rageusement les épaules.

— Ensuite il y a l'auto.

— Et s'ils n'ont pas d'auto ?

— C'est improbable. La plupart des gens ont une auto. S'ils n'en ont pas, qu'ils tirent leur plan. C'est leur affaire, n'est-ce pas ?

— Et s'ils sont pris à faire ça dans la rue ?

— Cela leur coûtera cher.

— Et si la fille a dix-sept ans et demi au lieu de dix-huit ans ?

— Cela peut aller chercher dans les dix ans de bagne pour son partenaire.

— Bessy Mitchell n'avait pas dix-huit ans ?

— Mais elle était mariée et divorcée.

— Maggie Wallach, qui paraît être la maîtresse du musicien ?...

— Pourquoi ?

— C'est évident.

— Vous les avez vus faire ?

Maigret serra les dents.

— Remarquez qu'elle aussi est mariée. Et divorcée.

— Et Erna Bolton, qui est avec le frère ?

— Elle a vingt ans.

— Vous connaissez le dossier ?

— Moi ? Cela ne me regarde pas. Je vous ai déjà dit qu'il n'y avait pas d'offense fédérale. S'ils s'étaient servis de la poste, par exemple, pour commettre un délit, cela deviendrait de mon ressort. Ou s'ils avaient fumé une seule cigarette de marijuana. *Have a drink*, Julius !

Ils étaient vingt, là, au comptoir, à boire en regardant droit devant eux les rangs de bouteilles et le calendrier qui représentait une femme nue. Il y avait des femmes nues, ou à moitié nues, un peu partout, sur les réclames, sur les calendriers publicitaires, des photos de belles filles en costume de plage à toutes les pages des journaux et sur tous les écrans des cinémas.

— Mais, sapristi, quand ces gaillards-là ont envie d'une femme ?

Harry Cole, plus habitué que lui au whisky, le regarda dans les yeux et éclata de rire.

— Ils se marient !

En réalité, c'était exprès que le coroner n'avait pas posé les questions qui paraissaient les plus élémentaires. Espérait-il quand même arriver à la vérité ? Est-ce qu'il s'en moquait ?

Peut-être, après tout, l'enquête n'était-elle qu'une sorte de formalité, et personne n'avait-il trop envie de savoir ce qui s'était passé réellement cette nuit-là.

Un des deux hommes entendus jusqu'ici avait menti, c'était fatal. Ou bien c'était le sergent Ward, ou bien le sergent O'Neil.

Or personne n'avait paru s'en étonner. On les questionnait l'un et l'autre avec la même gentillesse, ou plutôt avec le même détachement.

— Vous croyez qu'on convoquera le barman ?

— Pour quoi faire ?

C'était celui qui les servait ce soir et qui avait une tête de boxeur.

— On va nous mettre à la porte, annonça Cole en regardant l'horloge. Vous ne voulez rien emporter ?

Et, comme Maigret s'étonnait, il lui désigna deux des consommateurs.

— Regardez !

Ceux-ci, à un autre comptoir, près de la porte, où on vendait l'alcool par bouteilles, achetaient des flacons plats qu'ils glissaient dans leur poche.

— Ils ont peut-être une longue route à faire, n'est-ce pas ? Ou bien ils ont de la difficulté à dormir.

L'homme du F.B.I. se payait sa tête, et Maigret ne lui adressa plus la parole jusqu'au moment où l'auto le déposa devant le *Pioneer Hotel*.

— Si je comprends bien, vous passez la journée de demain au tribunal ?

Maigret grogna une vague réponse.

— J'irai vous prendre à l'heure du déjeuner. Vous avez de la chance : l'audience a lieu à la Deuxième Chambre, à l'étage, et l'air est réfrigéré. Bonne nuit, Julius !

Il ajouta sans malice, comme s'il ne s'agissait pas d'une morte :

— Ne rêvez pas à Bessy !

3

Le petit Chinois qui n'a pas bu

Il y eut au moins trois personnes à lui dire bonjour, et cela lui fit plaisir. Le premier étage du County House était entouré d'une galerie, comme le rez-de-chaussée. Le soleil était déjà chaud et des groupes d'hommes, en attendant l'appel d'Ezechiel, fumaient leur cigarette dans l'ombre.

Ezechiel, en particulier, sa grande pipe à la bouche, lui adressa un signe cordial, et aussi le juré à la jambe de bois.

Il s'était demandé, en venant de son hôtel, si la différence d'attitude du public vis-à-vis du sergent Ward serait sensible.

La veille, quand O'Neil avait parlé du second arrêt de la voiture et avait déclaré que Ward et Bessy s'étaient dirigés ensemble vers la voie du chemin de fer, il y avait eu, non une rumeur, mais comme un petit choc collectif. Tout le monde avait dû ressentir le même pincement dans la poitrine.

Allait-on regarder Ward, à présent, comme les hommes, involontairement, regardent ceux d'entre eux qui ont tué ?

Les cinq soldats étaient là, non loin de leur

49

officier qui les avait amenés. Ils fumaient leur cigarette comme les autres, en attendant d'entrer dans la salle. Comme des écoliers qui se boudent, ils maintenaient entre eux une certaine distance.

Il sembla à Maigret que Ward, les yeux bleus sous ses gros sourcils noirs, se tenait plus à l'écart et qu'on lui jetait, de loin, des coups d'œil furtifs.

Etait-il allé coucher chez lui ? Quelle était à présent son attitude vis-à-vis de sa femme ? Et l'attitude de celle-ci ? Lui avait-il demandé pardon ? Etaient-ils définitivement brouillés ?

Le Chinois, avec ses grands yeux en amande, était fin et joli comme une fille.

De petite taille, il paraissait beaucoup plus jeune que les autres. Dans les écoles aussi, il y a toujours un élève qu'on taquine en l'appelant la fille !

On comptait de nouveaux curieux. Le journal avait publié le compte rendu de la première audience sous les titres gras :

Le sergent Ward prétend qu'il a été drogué.
O'Neil contredit son témoignage
sur plusieurs points.

Celui-ci avait toujours son air de bon élève consciencieux, trop consciencieux. S'étaient-ils adressé la parole, Ward et lui, depuis la veille ?

Maigret s'était éveillé de mauvaise humeur, avec un fort mal de tête et, pour tout dire, la gueule de bois, mais c'était passé. Cela l'avait irrité, pourtant, d'avoir recours à leur système. Dès ses premiers jours à New York, il s'était étonné de retrouver frais et dispos, tôt le matin, des gens qu'il avait quittés la nuit précédente dans un état d'ivresse avancée. On lui avait donné le truc. Depuis, il avait vu, dans tous les *drug-stores*, dans les cafés, dans les bars, cette bouteille d'un bleu particulier, fixée au mur le goulot en bas, avec un appareil nickelé qui mesurait la dose.

On vous pompait ça dans un verre d'eau qui se mettait à mousser et à crépiter. On vous le servait aussi naturellement qu'un café au lait ou un coca-cola et, quelques minutes plus tard, les fumées laissées par l'alcool étaient dispersées.

Pourquoi pas ? A côté des machines à saouler, la machine à dessaouler. Ils étaient logiques après tout.

— Jurés !

On rentrait en classe, et cette classe était plus spacieuse que celle de la veille. Cela ressemblait cette fois à un vrai tribunal, avec une balustrade en forme de table de communion entre la cour et le public, une chaire pour le coroner, un pupitre muni d'un microphone pour le témoin. Les jurés, qui siégeaient dans une authentique boîte à jury, en devenaient plus solennels.

Du coup, Maigret remarquait mieux des gens qu'il avait mal vus la veille, entre autres un fort gaillard roux qui se tenait toujours près de l'attorney, prenait des notes, lui parlait à mi-voix. Il l'avait pris d'abord pour un secrétaire ou pour un journaliste.

— Qui est-ce ? demanda-t-il à son voisin.

— Mike !

Cela, il le savait, car il avait entendu les autres l'appeler ainsi.

— Qu'est-ce qu'il fait ?

— Mike O'Rourke ? C'est le *chief deputy-sheriff*, celui qui s'occupe de l'enquête.

Le Maigret du comté, en somme. Ils étaient à peu près de même corpulence, avec le même bourrelet au-dessus de la ceinture du pantalon, la même nuque épaisse, et ils devaient avoir le même âge.

Au fond, était-ce si différent ici de Paris ? O'Rourke ne portait pas sa plaque de sheriff et n'avait pas de revolver à la ceinture. Il avait l'air d'un bonhomme placide, avec le teint très clair des roux et des yeux couleur de violette.

L'idée venait-elle de lui et l'avait-il soufflée à l'attorney, sur qui il se penchait souvent ? Toujours est-il que, dès le début de l'audience, l'attorney se leva, demanda à poser une question au dernier témoin de la veille, de sorte qu'O'Neil alla s'asseoir sur l'estrade, devant le micro, qu'on régla à sa hauteur.

— Avez-vous remarqué l'état de la voiture qui vous a ramenés à Tucson ? N'était-elle pas endommagée ?

Le bon élève fronça les sourcils, interrogea des yeux le plafond.

— Je ne sais pas.

— Etait-ce une deux portes ou une quatre portes ? Etes-vous entré par la droite ou par la gauche ?

— Je crois que c'était une quatre portes. Je suis entré par le côté opposé au chauffeur.

— Donc par la droite. Et vous n'avez pas remarqué de dégâts à la carrosserie, comme si l'auto avait eu un accident ?

— Je ne me souviens plus.

— Vous étiez très ivre à ce moment-là ?

— Oui, monsieur.

— Plus ivre que quand Bessy a quitté la partie ?

— Je ne sais pas. Peut-être.

— Pourtant, vous n'avez rien bu après avoir quitté la maison du musicien ?

— Non, monsieur.

— C'est tout.

O'Neil se levait.

— Pardon. Encore une question. Quelle place occupiez-vous dans cette dernière voiture ?

— J'étais à l'avant, à côté du conducteur.

L'attorney fit signe qu'il en avait fini avec lui, et ce fut le tour du sergent Van Fleet, un blond au teint de brique, aux cheveux ondulés, que, dans son esprit, Maigret appela le Flamand. Ses camarades l'appelaient Pinky.

Il était le premier à se montrer nerveux en prenant place sur la chaise des témoins. Il s'efforçait visiblement d'être calme, mais il ne savait où poser son regard et il lui arriva plusieurs fois de se ronger les ongles.

— Vous êtes marié ? Célibataire ?

— Célibataire, monsieur.

Il dut tousser pour s'éclaircir la voix, et le coroner régla le micro un ton au-dessus. Il avait un fauteuil étonnant, le coroner. Il pouvait le fixer dans diverses positions et il passait son temps à renverser davantage le dossier en arrière, puis un peu moins, puis à le renverser à nouveau.

— Racontez-nous ce qui s'est passé le 27 juillet à partir de sept heures et demie du soir.

Derrière Maigret, une jeune négresse, qui portait un bébé et qu'il avait remarquée la veille, était aujourd'hui accompagnée de son frère et de sa sœur. Il y avait deux femmes enceintes dans la salle. Grâce à l'air conditionné, il faisait très frais, beaucoup plus frais qu'en bas, mais Ezechiel continuait à aller de temps en temps tripoter l'appareil avec importance.

Le Flamand parlait lentement, avec de longs silences pendant lesquels il cherchait ses mots. Les quatre autres soldats, sur un même banc du prétoire, tournaient le dos aux spectateurs, et c'étaient eux que Pinky regardait à la dérobée, comme pour leur demander de « souffler ».

Le *Penguin Bar*, l'appartement du musicien, le départ pour Nogales...

— A quelle place étiez-vous assis dans la voiture de Ward ?

— D'abord, j'étais derrière avec le sergent O'Neil et le caporal Wo Lee, mais j'ai dû passer devant quand Ward a dit à Bessy de changer de place. Je me suis alors assis à la droite de Mullins.

— Que s'est-il passé ensuite ?

— Après l'aérodrome, la voiture s'est arrêtée sur le côté droit de la route, et nous sommes tous descendus.

— Avait-on déjà décidé de ne pas continuer jusqu'à Nogales ?

— Non.

— Quand en a-t-il été question ?

— Quand tout le monde a repris place dans la voiture.

— Y compris Bessy ?

Il hésita, et il sembla à Maigret qu'il cherchait O'Neil des yeux.

— Oui. Ward a déclaré qu'on rentrait en ville.

— Ce n'est pas Bessy qui en a parlé ?

— J'ai entendu Ward qui le disait.

— L'auto s'est-elle arrêtée une seconde fois ?

— Oui. Bessy a dit à Ward qu'elle voulait lui parler.

— Elle était très *ivre* ? Avait-elle encore conscience de ce qu'elle faisait ?

— Je crois que oui. Ils se sont éloignés tous les deux.

— Combien de temps ont-ils été absents ?

— Ward est revenu, seul, après cinq ou six minutes.

— Vous dites bien cinq ou six minutes ? Vous avez regardé l'heure ?

— Non. Mais je ne crois pas qu'il soit resté plus longtemps.

— Qu'est-ce qu'il a dit alors ?

— Il n'a rien dit.

— Personne ne lui a demandé ce que Bessy était devenue.

— Non, monsieur.

— Cela ne vous a pas étonné qu'on reparte sans elle ?

— Peut-être un peu.

— Tout le long du chemin, Ward n'en a plus parlé ?

— Non, monsieur.

— Qui a décidé de prendre un taxi pour revenir sur les lieux ?

Il désigna O'Neil du geste.

— N'avez-vous pas débattu entre vous la

question d'emmener ou de ne pas emmener Wo Lee ?

Maigret, qui paraissait assoupi, tressaillit. C'était encore une petite question de rien du tout qui semblait indiquer que le coroner en savait plus long qu'il ne voulait le paraître. O'Rourke, d'ailleurs, se penchait justement à l'oreille de l'attorney qui notait quelque chose.

— Non, monsieur.

— De quoi vous êtes-vous entretenus pendant le trajet ?

— Nous n'avons pas parlé.

— Quand le taxi s'est arrêté, n'y a-t-il pas eu une discussion entre vous et O'Neil ?

— Je ne me souviens pas. Non, monsieur.

O'Rourke devait connaître son métier. Il avait retrouvé le chauffeur, ce qui n'était pas difficile, et on verrait sans doute celui-ci déposer à son tour.

Des trois soldats interrogés jusqu'ici, c'était Pinky le plus mal à l'aise.

— Ne couchez-vous pas dans la même chambre qu'O'Neil ? Depuis combien de temps ?

— Environ six mois.

— Vous êtes très amis ?

— Nous sortons toujours ensemble.

Quand on demanda à l'attorney s'il n'avait pas de questions à poser au témoin, il n'en posa qu'une :

— L'auto qui vous a ramenés à la base était-elle en bon état ?

Pinky ne savait pas non plus. Il n'avait pas remarqué la marque de la voiture. Il se souvenait seulement que la carrosserie était blanche ou claire.

— Suspension !

C'était drôle : sans raison bien précise, le sergent Ward faisait déjà moins figure d'assassin. C'était O'Neil, maintenant, que les gens observaient au passage. Il était peut-être parfaitement innocent. Ils étaient peut-être tous innocents. Et ils sentaient la suspicion aller de l'un à l'autre, peut-être même se suspectaient-ils les uns les autres ?

Que pensaient-ils en fumant leur cigarette sur la terrasse et en buvant des coca-cola ?

Maigret aurait pu se présenter à Mike O'Rourke qui lui aurait tapé sur l'épaule et qui l'aurait probablement mis dans le secret des dieux. Cela l'amusait davantage d'observer les allées et venues de son collègue qui profitait de la suspension d'audience pour aller, dans un bureau vitré, donner quelques coups de téléphone.

Au moment de rentrer en séance, on s'aperçut que l'attorney n'était pas là et il fallut se mettre à sa recherche dans tout le bâtiment. Peut-être avait-il donné des coups de téléphone, lui aussi ?

— Caporal Wo Lee.

Celui-ci se glissa sur la chaise des témoins, et on dut descendre le micro jusqu'à hauteur de sa bouche. Il parlait d'une voix si basse que, malgré l'amplificateur, on l'entendait à peine.

Les trois autres, déjà, avaient pris leur temps entre chaque phrase. Wo Lee, lui, s'arrêtait si longtemps qu'il avait l'air d'être en panne, ou de penser soudain à autre chose.

Est-ce que, comme une bande d'écoliers qui ont fait un mauvais coup, ils s'accusaient, entre eux, de « rapporter » ?

Maigret devait se pencher, faire un dur effort d'attention, car le Chinois était difficile à suivre.

— Racontez-nous ce qui s'est passé le...

Ce fut si lent qu'avant d'en arriver au départ pour Nogales le coroner leva à nouveau la séance. Pendant la suspension, on lui amena trois prisonniers en uniforme bleu, des gens que la police avait arrêtés la veille et qui n'avaient rien à voir avec l'affaire.

Un Mexicain fort mélangé d'Indien était accusé d'ivresse et de conduite bruyante sur la voie publique.

— Vous plaidez coupable ?

— Oui.

— Cinq dollars ou cinq jours de prison. Au suivant !

Chèque sans provision.

— Vous plaidez coupable ? Mettons l'affaire au 7 août. Vous pouvez être relâché sous caution de cinq cents dollars.

Maigret descendit boire un coca-cola, et deux des jurés lui adressèrent un sourire au passage. Il dut traverser une tache de soleil, ressentit une brûlure sur la peau.

Quand il revint, le Chinois était déjà à sa place. Il répondait à une question qu'on venait de lui poser. Il y avait maintenant des gens debout devant la porte ouverte, mais personne n'avait pris la place de Maigret, ce qui lui fit plaisir.

— Au moment de quitter le bar, on a acheté deux bouteilles de whisky, disait lentement Wo Lee.

— Que s'est-il passé chez le musicien ?

— Bessy et le sergent Mullins sont allés dans

la cuisine. Un peu plus tard, le sergent Ward y est entré à son tour, et il y a eu une discussion.

— Entre les deux hommes, ou entre Ward et Bessy ?

— Je ne sais pas. Ward est revenu avec une bouteille à la main.

— Les deux bouteilles étaient bues ?

— Non. On en avait laissé une dans l'auto.

— Sur la banquette avant ou sur la banquette arrière ?

— Sur la banquette arrière.

— De quel côté ?

— Du côté gauche.

— Qui s'est assis du côté gauche ?

— Le sergent O'Neil.

— L'avez-vous vu boire en cours de route ?

— Il faisait trop sombre pour que je le voie.

— Pendant la soirée, Harold Mitchell a-t-il paru en colère contre sa sœur ?

— Non, monsieur.

Au fait, le frère de Bessy était aujourd'hui en uniforme. La veille, en civil, avec une chemise d'un vilain violet, il avait assez l'air d'un mauvais garçon comme on en voit dans les films.

A présent, en tenue de coutil propre et bien repassée, il paraissait plus franc. A certain moment, comme le Chinois parlait, le musicien, qui était dehors, vint chercher Mitchell et lui dit quelques mots à voix basse sur la terrasse. Quand il rentra, il se dirigea vers Mike O'Rourke, qui parla à son tour à l'attorney, et l'attorney se leva :

— Le sergent Mitchell demande qu'un témoin soit convoqué le plus tôt possible.

Le sergent Mitchell s'était assis, comme la veille, à côté de Maigret. Il se leva quand le coroner se tourna vers lui, dit avec un frémissement dans la voix :

— Le bruit court que certains hommes du train ont aperçu un morceau de corde au poignet de ma sœur. Je voudrais qu'on les entende.

On lui fit signe de se rasseoir ; le coroner parla à son huissier puis reprit son interrogatoire.

— Que s'est-il passé quand la voiture s'est arrêtée, un mille environ après l'aéroport ?

On entendit une fois de plus, avec un accent différent, les mots « corvée de latrines », qui amenaient automatiquement un sourire sur les lèvres, comme si c'était devenu un gag.

— Avez-vous vu Bessy s'éloigner de l'auto ?

— Oui. Elle s'est éloignée en compagnie du sergent Mullins.

C'est le dos de celui-ci qu'on regarda, et Ward devenait de moins en moins l'assassin.

— Ils sont restés longtemps absents ? Où était Ward pendant ce temps-là ?

— Il est revenu un des premiers vers la voiture. Puis Bessy est montée à son tour et il a fallu attendre Mullins pendant plusieurs minutes.

— Combien de temps Bessy et Mullins sont-ils restés ensemble ?

— Peut-être dix minutes.

— Etait-il déjà décidé de ne pas continuer jusqu'à Nogales ?

— Non. C'est au moment de repartir que Bessy a dit qu'elle en avait assez et qu'elle voulait rentrer.

— Ward a fait demi-tour sans discuter ?

— Oui, monsieur.

— Dites-nous ce qui s'est passé ensuite. Vous n'aviez rien bu de la soirée, n'est-ce pas ?

— Seulement du coca-cola. Bessy, après une centaine de mètres, a demandé qu'on s'arrête de nouveau.

— Elle n'a rien ajouté ?

— Non.

— Qui est descendu de l'auto avec elle ?

— Personne, d'abord. Elle s'est éloignée toute seule. Puis Dan Mullins est descendu à son tour.

— Vous êtes sûr que c'était Mullins ?

— Oui, monsieur.

— Il est resté longtemps absent ?

— Au moins dix minutes. Peut-être plus.

— Il s'est dirigé vers le chemin de fer ?

— Oui. Ensuite le sergent Ward est descendu, du côté gauche, et il a fait le tour de l'auto. Il est revenu presque tout de suite, car on entendait les pas de Mullins.

— Les deux hommes ont-ils eu une discussion ?

— Non. L'auto est repartie. Nous sommes descendus devant le dépôt des autobus, le sergent O'Neil, Van Fleet et moi.

— Qui a proposé de retourner sur la route ?

— Le sergent O'Neil.

— Vous a-t-il prié de ne pas les accompagner ?

— Pas exactement. Il m'a seulement demandé si je n'étais pas trop fatigué et si je ne préférais pas rentrer à la base.

— Que s'est-il dit dans le taxi ?

— Van Fleet et O'Neil ont parlé à voix basse. J'étais assis devant avec le chauffeur et je n'ai pas écouté.

— Qui a désigné au chauffeur l'endroit où s'arrêter ?

— O'Neil.

— Etait-ce l'endroit du premier arrêt ou celui du second ?

— Je ne peux le dire. Il faisait encore noir.

— N'y a-t-il pas eu de discussion à ce moment ?

— Non, monsieur.

— Il n'a pas été question de faire attendre le taxi ?

Il n'en avait pas été question. Ils allaient pour chercher la fille abandonnée dans le désert et ils ne gardaient pas la voiture pour la ramener.

— Vous n'avez pas croisé ou dépassé d'autos sur la route ?

— Non, monsieur.

— Qu'avez-vous fait, le taxi parti ?

— Nous avons marché en direction de Nogales, puis, après un mille environ, nous avons fait demi-tour.

— Ensemble ?

— Pour aller, oui. Au retour, je marchais en bordure de la route. Le sergent O'Neil et Pinky étaient plus avant dans le désert.

— Du côté de la voie du chemin de fer ?

— Oui, monsieur.

— Combien de temps ces allées et venues ont-elles duré ?

— Environ une heure.

— Et, pendant une heure, vous n'avez vu personne ? Vous n'avez entendu aucun train ? De quelle couleur était l'auto qui vous a ramenés ?

— Jaune pâle.

L'attorney se leva à nouveau pour la fameuse question à laquelle il attachait une importance inexplicable.

— Avez-vous remarqué si la carrosserie portait des traces d'accident ?

— Non, monsieur. Je suis monté par le côté droit.

— Et O'Neil ?

— Egalement. C'était une Sedan. Il s'est installé à l'avant et moi à l'arrière. Pinky a fait le tour.

— La bouteille de whisky n'était plus avec vous ?

— Non.

— Et dans le taxi ?

— Je n'en suis pas sûr. Je ne crois pas.

— Le lendemain, quand Harold Mitchell vous a appris que sa sœur avait été tuée, vous lui avez déclaré que vous saviez ce qui s'était passé, mais que vous ne parleriez que devant le sheriff.

Maigret vit la main de Mitchell se crisper sur son genou.

— Non, monsieur.

— Vous ne lui avez pas parlé ?

— Je lui ai dit : « Le sheriff nous questionnera, et je lui dirai ce que je sais. »

Ce n'était évidemment pas la même chose, et Mitchell, à côté de Maigret, eut un geste nerveux, de dépit, de colère.

Le Chinois mentait-il ? Qui mentait, des quatre qu'on avait entendus jusqu'alors ?

— Suspension ! La séance reprendra, en bas, dans la salle de la Justice de Paix, à une heure et demie.

Harry Cole n'était pas là comme il l'avait

promis, et Maigret l'aperçut un peu plus tard qui descendait de sa voiture en face du County House. Il était aussi frais, aussi alerte que la veille, avec la même bonne humeur qui semblait jaillir de source. C'était une gaieté sereine d'homme qui n'a pas de cauchemars, qui se sent en paix avec lui-même et avec les autres.

Ils étaient presque tous comme ça, et c'est bien ce qui mettait Maigret en boule.

Cela lui faisait penser à un vêtement trop net, trop bien lavé, trop bien repassé. C'était comme leurs maisons, aussi impeccables que des cliniques, où on ne voyait pas de raison pour s'asseoir dans un coin plutôt que dans un autre.

Il les soupçonnait, au fond, de connaître les anxiétés de tous les humains et d'adopter, par pudeur, cette apparence allègre.

Même les cinq hommes de l'aviation, à son gré, n'étaient pas assez soucieux. Chacun restait enfermé en lui-même, mais sans qu'on sentît l'anxiété de gens à tort ou à raison soupçonnés d'un crime.

Les spectateurs étaient sans frémissement. Personne ne paraissait penser à la fille qui était morte sur la voie de chemin de fer. C'était plutôt une sorte de jeu, et il n'y avait que le reporter du *Star* à y ajouter des titres sensationnels.

— Bien dormi, Julius ?

Si seulement ils cessaient de l'appeler ainsi ! Le plus fort, c'est qu'ils ne le faisaient pas exprès, qu'ils n'y mettaient aucune ironie.

— Vous avez résolu le problème ? Est-ce un crime, un suicide ou un accident ?

Maigret entra comme chez lui dans le bar du coin de la rue, où il retrouvait plusieurs des visages aperçus à l'audience, y compris deux des jurés.

— *Have a drink !* Vous avez eu une affaire dans ce genre-là en France n'est-ce pas ? Un magistrat qui a été trouvé mort sur une voie de chemin de fer. Comment l'appelait-on ?

— Prince ! grommela Maigret avec humeur.

Et cela le frappa, car, dans l'affaire Prince aussi, il avait été question d'une corde autour des poignets.

— Comment s'est-elle terminée ?

— Cela ne s'est jamais terminé.

— Vous avez votre idée ?

Il l'avait, mais il préférait ne pas la dire, car son opinion sur l'affaire lui avait valu assez d'ennuis et d'attaques d'une partie de la presse.

— Vous avez bavardé avec Mike ? Vous le connaissez, non ? C'est le *chief deputy-sheriff* et il s'occupe personnellement des affaires importantes. Vous voulez que je vous présente ?

— Pas encore.

— Dans ce cas, allons manger un steak aux oignons, et je vous déposerai au County House en temps voulu.

— Vous ne suivez pas du tout l'affaire ?

— Cela ne me regarde pas, je vous l'ai dit.

— Cela ne vous intéresse pas non plus ?

— On ne peut pas s'intéresser à tout, n'est-ce pas ? Si je fais le travail de Mike O'Rourke, qui fera le mien ? Peut-être, demain ou après-demain, mettrai-je enfin la main sur vingt mille dollars de stupéfiants qui sont dans la région depuis une semaine.

— Comment le savez-vous ?

— Par nos agents au Mexique. Je sais même qui les a vendus, à quel prix, quel jour. Je sais

65

quand ils ont passé la frontière à Nogales. Je crois savoir aussi dans quel camion ils ont été transportés jusqu'à Tucson. Ensuite je nage.

La serveuse de la *cafétaria* était fraîche et jolie. C'était une blonde assez forte, d'une vingtaine d'années.

Cole l'interpellait :

— Hello, Doll !

Et à Maigret :

— C'est une étudiante de l'Université. Elle espère obtenir une bourse pour aller terminer ses études à Paris.

Pourquoi le commissaire éprouva-t-il le besoin d'être grossier ? Quelle était cette humeur qui lui venait dès qu'il se trouvait en face de Harry Cole ?

— Et si on lui pinçait la fesse ? questionna-t-il en pensant aux serveuses des petits bistrots de France.

Son collègue parut surpris, le regarda un long moment, comme s'il se posait gravement la question.

— Je ne sais pas, avoua-t-il enfin. Peut-être pourriez-vous essayer ? Doll !

S'attendait-il vraiment à ce que Maigret tendît la main, pendant que la jeune fille se penchait sur eux, son uniforme blanc gonflé par une chair drue ?

— Sergent Mullins !

Encore un célibataire. Il n'y avait, dans le lot, que Ward à être marié et père de famille.

N'était-ce pas Dan Mullins, maintenant, qui faisait figure de vilain ?

— Racontez-nous ce qui s'est passé le...

Maigret préférait la petite salle du bas à celle d'en haut, bien qu'il y fît plus chaud. C'était plus intime. Et, ici, Ezechiel, qui se sentait chez lui, était beaucoup plus pittoresque.

C'était le pion de l'école. Le coroner en était l'instituteur et l'attorney un inspecteur en tournée.

Peut-être allaient-ils se décider enfin à poser les questions essentielles ? Le sergent Ward avait avoué qu'il était jaloux de son ami Mullins. C'est en compagnie de celui-ci qu'il avait surpris Bessy dans la cuisine du musicien.

Or, une fois de plus, il n'en était pas question. Cinq hommes et une fille avaient passé ensemble une bonne partie de la nuit. Tous, sauf le Chinois, étaient surexcités par l'alcool. Quatre sur cinq étaient des célibataires et Maigret savait maintenant le peu d'occasions qu'ils avaient de se satisfaire. Quant à Ward, qui était du type jaloux, il semblait avoir eu Bessy dans la peau.

Pas un mot. Toujours les sempiternelles questions. Le coroner lui-même devait y attacher si peu d'importance qu'il les posait en regardant ailleurs, au plafond la plupart du temps. Ecoutait-il seulement les réponses ?

Il n'y avait que Mike O'Rourke, le Maigret du comté, à prendre des notes et à avoir l'air intéressé par l'affaire. La négresse, derrière le commissaire, donnait le sein à son bébé, et sa suite s'était augmentée d'une petite fille et d'une grosse femme de sa race. Si l'enquête continuait longtemps, la tribu entière remplirait la salle du tribunal.

— Vous aviez déjà rencontré Bessy avant ?
— Une fois, monsieur.

— Seule ?

— J'étais avec Ward quand il a fait sa connaissance au *drive-in*. Je les ai quittés lorsqu'ils sont partis en auto, vers trois heures du matin.

— Vous saviez que le sergent Ward avait l'intention de divorcer pour l'épouser ?

— Non, monsieur.

C'était tout sur ce sujet-là.

— Que s'est-il passé quand la voiture s'est arrêtée un peu après l'aéroport ?

— Nous sommes tous descendus. Je suis parti de mon côté pour la corvée de...

De latrines, on commençait à le savoir ! Cela devenait une image obsédante : les cinq hommes et la femme, éparpillés autour de l'auto, évacuant tout le liquide ingurgité pendant la nuit !

— Vous vous êtes éloigné seul ?

— Oui, monsieur.

— Vous avez vu le sergent Ward ?

— Je l'ai vu disparaître dans l'obscurité avec Bessy.

— Ils sont revenus ensemble ?

— Ward est revenu et a pris place au volant.

» Puis il a déclaré avec impatience : « Au diable cette fille ! Cela lui apprendra. »

— Pardon. C'est lors du premier arrêt que Ward a prononcé cette phrase ?

— Oui, monsieur. Il n'y a pas eu d'autre arrêt avant Tucson.

— Bessy n'a pas demandé à Ward de la suivre, sous prétexte qu'elle avait à lui parler ?

— Avant, oui.

— Avant quoi ?

— Au moment où l'auto s'est arrêtée. C'est

elle qui lui a déclaré qu'elle ne voulait pas aller plus loin, et Ward a ralenti. Puis elle a ajouté : « J'ai à te parler. Viens. »

— Au premier arrêt ?

— Il n'y a pas eu d'autre arrêt.

Le silence fut assez long. Les dos des quatre autres soldats étaient immobiles. Le coroner soupira :

— Ensuite ?

— Nous sommes rentrés en ville et nous avons déposé les trois autres.

— Pourquoi êtes-vous resté avec Ward ?

— Parce qu'il me l'a demandé.

— A quel moment ?

— Je ne m'en souviens pas.

— Il vous a dit qu'il avait l'intention d'aller chercher Bessy ?

— Non, mais je l'ai compris.

— Vous lui avez donné des cigarettes ?

— Non. En chemin, il m'a prié de prendre son paquet dans sa poche. J'en ai sorti une cigarette et je la lui ai allumée.

— C'était une Chesterfield ?

— Non, monsieur. Une Camel. Il en restait trois ou quatre dans le paquet.

— Vous en avez fumé aussi ?

— Je ne crois pas. Je ne me souviens pas. Je me suis endormi.

— Avant que l'auto s'arrête ?

— Je crois, ou tout de suite après. Quand Ward m'a éveillé, j'ai vu un poteau télégraphique et un cactus près de l'auto.

— Aucun de vous n'est descendu de la voiture ?

— Je ne sais pas si Ward est descendu. Je dormais. Il m'a emmené chez lui et m'a lancé un oreiller pour que je me couche sur le canapé.

— Vous avez vu sa femme ?

— Pas à ce moment-là. Je les ai entendu parler.

— En somme, vous êtes retournés sur la route pour rechercher Bessy et vous n'êtes pas descendus de la voiture.

— Oui, monsieur.

— Vous avez rencontré des autos ? Vous avez entendu le train ?

— Non, monsieur.

Tous ces gaillards-là, grands et forts, avaient entre dix-huit et vingt-trois ans. Bessy, qui en avait dix-sept, était déjà mariée, divorcée et, maintenant, morte.

— Suspension !

En passant devant un bureau vitré, Maigret entendit l'attorney qui parlait au téléphone.

— Oui, docteur. Dans quelques minutes. Je vous remercie. Nous attendrons...

Sans doute s'agissait-il du médecin qui avait pratiqué l'autopsie et qui serait le témoin suivant. Il devait être très occupé, car l'entracte dura plus d'une demi-heure, et le coroner eut le temps de faire défiler cinq ou six délinquants ordinaires.

Dans un coin du couloir, l'attorney et Mike O'Rourke avaient une discussion animée et ils appelèrent, pour le consulter, l'officier qui accompagnait les cinq hommes. Peu après, ils s'enfermaient dans le bureau marqué « privé », où le coroner alla les rejoindre.

4

L'homme qui remontait les horloges

Un des oncles de Maigret, le frère de sa mère, avait une manie. Dès qu'il était dans une pièce où se trouvait une horloge, n'importe quel genre d'horloge, grande ou petite, horloge ancienne à balancier dans sa caisse vitrée ou réveille-matin sur la cheminée, il cessait de prêter l'oreille à la conversation jusqu'au moment où il pouvait enfin s'en approcher pour la remonter.

Il faisait cela partout, fût-il en visite chez des gens qu'il connaissait à peine. Il lui arrivait d'agir de même dans un magasin où il était entré pour acheter un crayon ou des clous.

Il n'était pourtant pas horloger, mais employé dans l'Enregistrement.

Maigret tenait-il de son oncle ? Cole lui avait laissé un billet, au bureau de l'hôtel, avec une clef plate dans l'enveloppe.

Cher Julius,
Suis obligé de faire un saut au Mexique en avion. Serai probablement de retour demain matin. Trouverez ma voiture au parking de l'hôtel. Ci-joint la clef. Fidèlement vôtre.

Qu'aurait-il pensé de lui, qu'aurait-il pensé de la police française s'il avait su que Maigret n'avait jamais appris à conduire une auto ?

Ici, des hommes de son âge pilotaient leur avion privé. Les ranchers, qui ne sont, en somme, que de gros fermiers, avaient presque tous leur avion, dont ils se servaient le dimanche pour aller à la pêche. En outre, beaucoup utilisaient un hélicoptère pour répandre des produits chimiques sur leurs plantations.

Il n'avait pas eu envie de dîner tout seul dans la salle à manger de l'hôtel et il était parti à pied. Il y avait longtemps qu'il désirait marcher dans les rues, mais on ne lui en donnait jamais l'occasion. Pour deux blocks, comme ils disaient, c'est-à-dire pour deux pâtés de maisons, ils sautaient dans leur voiture.

Il passa devant un bel immeuble de style colonial dont les blanches colonnades se dressaient au milieu d'une pelouse bien entretenue. Il avait vu, la veille au soir, briller l'enseigne au néon *Caroon. Mortuary*. C'était l'entrepreneur de pompes funèbres.

« Le meilleur enterrement au meilleur prix », annonçait-il dans les journaux.

Et tous les soirs, il diffusait une demi-heure de musique douce à la radio. C'était lui qui embaumait les gens. On avait regardé Maigret avec un dégoût mal dissimulé quand il avait déclaré qu'en France on met les morts en terre sans les vider comme des poissons ou des poulets.

Le petit docteur sec et nerveux, qui paraissait très pressé, n'avait pas dit grand-chose à l'enquête du coroner. Il avait parlé de la tête « entièrement scalpée », des deux bras coupés, des « chairs qu'on lui avait apportées pêle-mêle ».

— Pouvez-vous déterminer la cause de la mort ?

— Elle a été certainement causée par le choc avec la locomotive. Le crâne a été arraché comme le couvercle d'une boîte, et on a retrouvé des morceaux de cervelle à plusieurs mètres.

— Affirmez-vous que Bessy était encore en vie au moment où le choc s'est produit ?

— Oui, monsieur.

— Ne pouvait-elle pas être inconsciente, soit à la suite de coups, soit à la suite d'une intoxication ?

— C'est possible.

— Avez-vous relevé des traces de coups qui auraient été portés avant la mort ?

— Dans l'état du corps, une telle constatation est impossible.

C'était tout. Aucune allusion à des recherches d'un ordre plus intime qui auraient pu être faites.

Maigret était à peu près seul à marcher le long des trottoirs, dans le centre de la ville, et il en avait été ainsi dans toutes les villes américaines où il s'était arrêté. Personne n'habite le cœur de la cité. Dès la fermeture des bureaux et des magasins, la foule reflue vers les quartiers résidentiels, laissant à peu près vides les rues, où, cependant, les vitrines restent éclairées toute la nuit.

Il passa devant un *drive-in*, et l'envie lui vint de manger un *hot-dog*. Une demi-douzaine de voitures, en éventail, stationnaient devant la porte, et deux jeunes filles servaient leurs occupants. Il y avait bien une sorte de comptoir, à l'intérieur, avec des tabourets fixés au sol. Mais cela lui parut miteux de venir à pied et d'aller s'y asseoir.

Cette impression d'être miteux, il l'avait plusieurs fois par jour. Ces gens-là avaient tout. Dans n'importe quelle petite ville, les autos étaient aussi nombreuses et aussi luxueuses qu'aux Champs-Elysées. Tout le monde portait des vêtements, des souliers neufs. Les savetiers paraissaient inconnus. La foule était bien lavée et d'aspect prospère.

Les maisons étaient neuves aussi, pleines d'appareils perfectionnés.

Ils avaient tout, c'était le mot.

Et pourtant cinq gaillards de vingt ans étaient traduits devant le coroner parce qu'ils avaient passé la nuit à boire avec une fille qu'un train avait ensuite déchiquetée.

Qu'est-ce que ça pouvait lui faire ? Il n'était pas ici pour s'en soucier. Les voyages d'études dans le genre de celui qu'on lui avait offert après tant d'années sont plutôt des voyages d'agrément. Il n'avait qu'à se laisser promener de ville en ville, accepter de bons dîners, des whiskies et des cocktails, des plaques de deputy-sheriff et écouter les histoires qu'on lui racontait.

C'était plus fort que lui. Il se trouvait dans le même état d'anxiété que quand, en France, il se plongeait dans une affaire compliquée qu'il lui fallait résoudre coûte que coûte.

Ils avaient tout, bon. Cependant, les journaux étaient pleins du récit de crimes de toutes sortes. On venait d'arrêter, à Phœnix, une bande de gangsters dont l'aîné avait quinze ans et le plus jeune douze. Au Texas, un étudiant de dix-huit ans avait tué, la veille, la sœur de sa femme, car il était déjà marié. Une fille de treize ans, mariée, elle aussi, venait de donner le jour à deux jumeaux, alors que son mari était en prison pour vol.

Il se dirigeait machinalement vers le *Penguin Bar*. Quand il avait fait la route en voiture, il avait cru que c'était à deux pas. Il se rendait mieux compte à présent de l'étendue de la ville et commençait à regretter de n'avoir pas pris un taxi, car il était en nage.

Ils avaient tout. Alors pourquoi ces gens, la veille au soir, au *Penguin*, étaient-ils si mornes ?

Maigret tenait-il de son oncle qui remontait les horloges, y compris celles qui ne lui appartenaient pas ? C'était la première fois qu'il pensait à son oncle de cette façon et peut-être découvrait-il la vraie raison de la manie du bonhomme. Il devait avoir la phobie des horloges arrêtées. Or une horloge qui marche peut s'arrêter d'un moment à l'autre. Les gens sont négligents, oublient de remonter le mouvement.

C'était instinctif : il le faisait à leur place.

Maigret aussi ressentait un malaise quand il lui semblait que quelque chose ne tournait pas rond. Alors il essayait de comprendre, fourrait son nez partout, reniflait.

Qu'est-ce qui ne tournait pas rond dans ce pays-là, où ils avaient tout ?

Les hommes étaient grands et forts, bien portants, propres et plutôt gais en général. Les femmes étaient presque toutes jolies. Les magasins regorgeaient de marchandises et les maisons étaient les plus confortables du monde, il y avait des cinémas à tous les coins de rue, on ne voyait jamais un mendiant et la misère paraissait inconnue.

L'embaumeur payait un programme de musique à la radio, et les cimetières étaient des parcs délicieux qu'on n'éprouvait pas le besoin d'entourer de murs et de grilles comme si on avait peur des morts.

Les maisons, elles aussi, étaient entourées de pelouses, et, à cette heure, des hommes, en bras de chemise ou le torse nu, arrosaient l'herbe et les fleurs. Il n'y avait pas de palissades, ni de haies, pour séparer les jardins les uns des autres.

Ils avaient tout, sacrebleu ! Ils s'organisaient scientifiquement pour que la vie fût le plus agréable possible, et, dès le réveil, votre radio vous souhaitait affectueusement une joyeuse journée au nom d'une marque de porridge, sans oublier votre anniversaire quand le moment était venu.

Alors pourquoi ?

C'est à cause de cette question-là, sans doute, qu'il s'attachait ainsi à ces cinq hommes qu'il ne connaissait ni d'Eve ni d'Adam, à cette Bessy qui était morte et dont il n'avait même pas vu le portrait et aux autres personnages qui défilaient à l'enquête.

Beaucoup de choses varient d'un pays à l'autre. D'autres sont les mêmes partout.

Mais, peut-être, ce qui change le plus de couleur au-delà des frontières, est-ce la misère ?

Celle des quartiers pauvres de Paris, des

petits bistrots de la Porte d'Italie ou de Saint-Ouen, la misère crasseuse de la Zone et la misère pudique de Montmartre ou du Père-Lachaise lui étaient familières. La misère définitive des quais aussi, celle de la place Maubert ou de l'Armée du Salut.

C'était une misère que l'on comprenait, dont on pouvait retrouver l'origine et suivre la progression.

Ici, il soupçonnait l'existence d'une misère sans haillons, bien lavée, une misère avec salle de bains, qui lui paraissait plus dure, plus implacable, plus désespérée.

Il poussait enfin la porte du *Penguin* et se hissait sur un tabouret de bar. Le barman, qui le reconnaissait, se souvenait de ce qu'il avait bu la nuit précédente et proposait cordialement :

— Manhattan ?

Il dit oui. Cela lui était égal. Il n'était que huit heures du soir. La nuit n'était pas tombée, mais ils étaient déjà une vingtaine à s'abreuver au comptoir, tandis que certaines tables étaient occupées dans les box.

Une jeune fille qui portait un pantalon et une chemisette blanche servait dans la salle. Il ne l'avait pas remarquée la veille. Il la suivait des yeux. Son pantalon, en gabardine noire très fine, moulait ses hanches et ses cuisses à chaque pas. Elle avait l'air de sortir d'un panneau publicitaire, d'un calendrier ou d'un journal de cinéma.

Quand elle avait fini de servir, elle glissait cinq cents dans la boîte à musique et choisissait un air sentimental. Puis elle venait s'accouder à un coin du bar et rêvait.

Il n'existait pas de terrasses pour boire l'apéritif en regardant les passants dans le soleil couchant et en respirant l'odeur des marronniers.

On buvait, mais pour cela il fallait s'enfermer dans des bars clos aux regards, comme si on assouvissait un besoin honteux.

Est-ce pour cette raison qu'on buvait plus ?

Le mécanicien du train avait été interrogé le dernier. C'était un homme entre deux âges, bien vêtu, que Maigret avait d'abord pris pour un fonctionnaire.

— Quand j'ai aperçu le corps, il était trop tard pour arrêter mon train, car j'avais derrière moi soixante-huit wagons chargés.

Des fruits et des légumes qui venaient du Mexique dans des wagons frigorifiques. Il en venait ainsi de tous les pays du monde. Des centaines de navires arrivaient chaque jour dans les ports.

Ils avaient de tout.

— Il faisait déjà jour ? avait questionné l'attorney.

— Il commençait à faire jour. Elle était couchée en travers de la voie.

On lui avait apporté un tableau noir. Il avait tracé deux traits de craie pour les rails et, entre ceux-ci, avait dessiné une sorte de marionnette.

— Ceci est la tête.

Elle ne touchait pas le rail, ni aucun des membres.

— Elle était sur le dos, les genoux relevés,

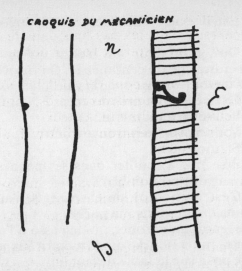

comme ceci. Ici, c'est un bras. Voici l'autre, qui a été arraché.

Maigret regardait les épaules des cinq soldats, surtout les épaules de Ward, qui avait peut-être aimé Bessy. Est-ce que Ward, ou un de ses camarades, avait fait l'amour avec elle cette nuit-là ?

— Le corps a été traîné sur une distance d'environ trente mètres.

— Avez-vous eu le temps de voir, avant le choc, si elle était vivante ?

— Je ne peux pas le dire, monsieur.

— Avez-vous eu l'impression que ses poignets étaient attachés ?

— Non, monsieur. Comme vous pouvez le voir sur le dessin, ses mains étaient jointes sur son ventre.

Et, très vite, d'une voix plus basse :

— C'est moi qui ai ramassé les morceaux le long du talus.

— Est-il exact que vous avez trouvé une ficelle ?

— Oui, monsieur. Ce n'était qu'un bout d'une quinzaine de centimètres. On trouve des objets de toutes sortes sur la voie.

— La ficelle était près du corps ?

— Peut-être à un mètre.

— Vous n'avez rien trouvé d'autre ?

— Si, monsieur.

Et il se mit à fouiller dans ses poches, en retira un petit bouton blanc.

— C'est un bouton de chemise. Je l'ai mis machinalement dans ma poche.

Il le tendit au coroner, qui le passa à l'attorney, et ce fut O'Rourke qui le montra aux jurés, puis le posa sur la table devant lui.

— Comment Bessy était-elle habillée ?

— Elle portait une robe beige.

— Avec des boutons blancs ?

— Non, monsieur. Les boutons étaient beiges aussi.

— Combien étiez-vous d'hommes dans le train ?

— Cinq en tout.

Harold Mitchell, le frère, s'était levé à nouveau. On lui donnait la parole.

— Je demande qu'on entende les quatre autres.

C'était l'aide-mécanicien, d'après lui, qui avait vu, ou qui prétendait avoir vu une corde autour des poignets de Bessy avant le choc.

— Suspension !

Il s'était pourtant passé un événement que Maigret n'avait pas bien compris. A certain moment, l'attorney s'était levé, avait parlé au coroner, mais le commissaire n'avait saisi que quelques mots de son discours. Le coroner, à son tour, avait récité quelque chose.

Or, au moment où tout le monde quittait le tribunal, les cinq soldats, au lieu de suivre leur officier comme la veille pour rentrer à la base, avaient été conduits vers le fond du couloir par le *deputy-sheriff* au gros revolver.

Maigret avait eu la curiosité d'aller voir. Il y avait là une épaisse porte de fer, une grille et derrière cette grille, d'autres grilles, celles des cellules de la prison.

Sous la colonnade, il avait rejoint un des jurés.

— On les a arrêtés ?

L'homme ne le comprit pas tout de suite, à cause de son accent.

— Pour avoir poussé à la délinquance juvénile, oui.

— Le Chinois aussi ?

— Il a payé une des bouteilles !

Ainsi, ils étaient en prison pour avoir fait boire Bessy, qui, à dix-sept ans, était mariée, divorcée et se livrait plus ou moins à la prostitution.

Maigret n'ignorait pas qu'un homme en voyage est toujours un tantinet ridicule, parce qu'il voudrait que les choses se passent comme chez lui.

Peut-être avaient-ils leur idée ? Peut-être cette enquête du coroner n'était-elle qu'une formalité et la véritable enquête avait-elle lieu ailleurs ?

Il en eut la preuve ce soir-là. Comme un des clients du bar s'en allait d'une démarche assez lourde après avoir crié le bonsoir à la ronde, il aperçut O'Rourke, que le buveur lui avait caché jusque-là.

Il était assis dans un des box, devant une bouteille de bière. La serveuse l'avait rejoint et s'était installée à côté de lui. Ils avaient l'air de bons amis. Le *chief deputy-sheriff* parlait à la fille en lui caressant le bras et il lui avait offert un verre.

Connaissait-il Maigret de vue ? Harry Cole le lui avait-il désigné parmi les spectateurs de l'enquête ?

Cela fit plaisir au commissaire de voir son collègue américain dans le bar. N'est-ce pas ainsi qu'il avait l'habitude d'agir, lui aussi ? Sans doute n'était-ce pas la première visite d'O'Rourke au *Penguin*.

Il ne jouait pas les policiers. Il était lourdement assis dans son coin. Il ne fumait pas la pipe, mais des cigarettes. Il eut d'ailleurs un geste assez surprenant. A certain moment, il alluma une cigarette et, tout naturellement, après en avoir tiré quelques bouffées, il la tendit à la fille qui la mit entre ses lèvres.

Etait-elle ici la nuit de la mort de Bessy ? Probablement. Elle devait y être tous les soirs. Elle les avait servis.

O'Rourke plaisantait, et elle riait. Elle avait servi un couple qui venait d'entrer, puis revenait s'asseoir près de lui.

Il avait l'air de lui faire la cour. Il était roux, les cheveux coupés en brosse, le visage sanguin.

Pourquoi Maigret n'allait-il pas s'asseoir près d'eux ? Il n'avait qu'à se faire connaître.

Il se surprit à commander :

— Un demi !

Il se reprit tout de suite :

— Une bière !

La bière était forte, comme en Angleterre. Beaucoup, dédaignant de se servir de leur verre, la buvaient à la bouteille. A côté de Maigret, il y avait un distributeur automatique de cigarettes semblable aux distributeurs de chocolat dans le métro de Paris.

Qu'est-ce qui ne tournait pas rond ?

Lui parlant du recrutement de l'armée, Harry Cole lui avait dit :

— Il y a entre autres beaucoup de « paroles ».

Et, comme Maigret ne comprenait pas, il avait expliqué :

— Ici, quand un homme est condamné à deux ans, à cinq ans de prison, voire davantage, cela ne veut pas dire qu'il passe tout ce temps-là au pénitencier. Après un certain temps, parfois après quelques mois, si sa conduite est satisfaisante, on le relâche *sur parole*. Il est libre, mais est obligé de rendre compte de ses actes, chaque jour d'abord, puis chaque semaine, enfin chaque mois, à un officier de police.

— Ils récidivent souvent ?

— Je n'ai pas de statistiques sous la main. Le F.B.I. se plaint qu'on accorde trop facilement la liberté sur parole. Il y en a qui commettent un vol ou un meurtre quelques heures à peine après avoir été relâchés. D'autres préfèrent s'engager dans l'armée, ce qui les soustrait automatiquement à la surveillance de l'officier de police.

— C'est le cas de Ward ?

— Je ne crois pas : Mullins, je pense, a subi

plusieurs condamnations pour des délits mineurs. Surtout des coups et blessures. Il est originaire du Michigan. Ce sont des durs.

Encore une chose qui déroutait Maigret. Les gens n'étaient presque jamais de l'endroit où on les retrouvait. Ici, à Tucson, le coroner, qui était en même temps juge de paix, venait du Maryland, mais avait fait ses études en Californie. Le mécanicien de tout à l'heure était originaire du Tennessee. Ici, le barman devait venir en ligne droite de Brooklyn.

Et là-haut, dans les grandes villes du Nord, il y avait les *slums*, des secteurs pauvres aux maisons en forme de caserne où les hommes étaient durcis et où les enfants de la rue formaient déjà des gangs de quartiers.

Dans le Sud, des gens, autour des villes, vivaient dans des baraques en bois au milieu des détritus.

Ce n'était pas une explication, Maigret le sentait. Il y avait autre chose, et il buvait sa bière en fixant, de loin et d'un œil buté, son confrère et la serveuse.

Un instant, il se demanda si O'Rourke n'était pas ici, en réalité, pour le surveiller. Ce n'était pas impossible. Harry Cole était capable — malgré son air de jongler avec la vie et avec les gens — d'avoir deviné qu'il viendrait ce soir au *Penguin*. Peut-être n'avait-on pas envie qu'il fourre son nez dans cette affaire ?

Il avait tort de trop boire. Mais que faire d'autre ? Il ne pouvait pas rester une heure devant son verre, comme à une terrasse. Il ne pouvait pas non plus errer tout seul, à pied, le long des rues interminables. Il n'avait pas envie d'entrer dans un cinéma, ni de s'enfermer dans sa chambre d'hôtel.

Il faisait comme les autres. Quand son verre était vide, il adressait un signe au barman, qui le remplissait, se disant qu'il lui suffirait, le lendemain matin, d'user de la bouteille bleue du *drug-store* pour se remettre d'aplomb.

Il avait noté l'adresse de la maison que Bessy habitait avec Erna Bolton. Il finit par se laisser glisser de son tabouret et déambuler dans le quartier en essayant de déchiffrer le nom, ou plutôt le numéro des rues.

Dès qu'on quittait l'artère commerçante, avec ses vitrines éclairées, c'étaient des rues obscures, aux maisons séparées les unes des autres par des pelouses.

Est-ce exprès que les gens ne fermaient ni leurs volets ni leurs rideaux ?

Toutes les maisons étaient précédées d'une véranda, et on voyait, sur presque toutes, des familles qui se balançaient dans des fauteuils à bascule.

Dans les pièces éclairées, on découvrait souvent une vie plus intime, des couples qui mangeaient, des femmes qui se peignaient, des hommes qui lisaient leur journal, et de toutes les cases filtraient des rumeurs de radio.

La maison de Bessy et d'Erna Bolton était à un coin de rue. Elle n'avait pas d'étage. Il y avait de la lumière. C'était assez coquet, presque luxueux. Harold Mitchell et le musicien étaient assis sur un canapé et fumaient leur cigarette, cependant qu'Ema, en peignoir, leur servait des glaces.

Maggie Wallach n'était pas là. Peut-être travaillait-elle au *drive-in* et servait-elle des *hot-dogs* et des spaghettis aux automobilistes ?

C'était sans mystère. Tout le monde semblait vivre en pleine lumière. Il n'y avait pas d'ombres inquiétantes frôlant les maisons, pas de rideaux tirés sur des intérieurs calfeutrés. Rien que ces autos qui allaient Dieu sait où, sans jamais se servir du klaxon, s'arrêtant net aux croisements dès que le feu tournait du vert au rouge, repartant ensuite droit devant elles.

Il ne dîna pas ce soir-là. Quand il rentra dans le centre de la ville, les *drug-stores*, où il avait compté manger un sandwich, étaient fermés. Tout était fermé, sauf les trois cinémas et les bars.

Alors, un peu honteusement, il entra dans un de ces bars, puis dans un autre. Il saluait le barman familièrement, comme il l'avait vu faire, se hissait sur un tabouret.

Partout régnait la même musique assourdie. Tout le long du comptoir, des appareils nickelés, reliés à la machine à disques, avalaient les pièces de cinq cents. On tournait une aiguille sur le titre qu'on désirait.

C'était peut-être l'explication ?

Il était tout seul et il faisait ce que peut faire un homme seul.

Quand il rentra à l'hôtel, il était terriblement lourd, amer. Il se dirigea vers l'ascenseur, revint sur ses pas pour remettre la clef de l'auto de Cole dans le casier. Son collègue aurait peut-être besoin de sa voiture le lendemain de bonne heure.

— *Good night, sir !*

Good night ! Il y avait une Bible au chevet de son lit. Dans des centaines de milliers de

86

chambres d'hôtel, une même Bible à couverture noire attendait le voyageur.

Le bar ou la Bible, en somme !

On faisait à nouveau la classe à l'étage et, avant l'appel d'Ezechiel, on se promenait sur la galerie, au soleil déjà chaud du matin.

Tout le monde avait une chemise propre, et la douche avait nettoyé les brouillards de la nuit.

Ainsi, chaque matin, on recommençait la vie à neuf, en souriant.

Ce fut une petite surprise, en entrant dans la salle, de voir les cinq gaillards, non plus en uniforme de l'aviation, mais en vêtements de toile bleue, des vêtements très amples, qui avaient un peu l'air de pyjamas et qui dégageaient complètement le cou.

Du coup, ils n'avaient plus autant l'air de bons garçons. On remarquait mieux l'irrégularité des traits, certaines asymétries qui devenaient inquiétantes.

On avait monté le tableau noir où on voyait toujours le petit pantin entre les deux traits de craie représentant les voies, et le tableau allait de nouveau servir.

— Elias Hansen, de la Southern Pacific.

Ce n'était pas un des hommes du train que Mitchell avait réclamés. Il expliquait calmement, d'une voix forte et égale, en quoi consistait son métier. C'était lui qui enquêtait pour la compagnie de chemin de fer chaque fois que se commettaient des vols dans les trains, ou qu'il y avait accident ou mort violente.

Il était certainement d'origine scandinave.

On le sentait à son affaire. Il avait l'habitude des enquêtes de coroner et se tournait de lui-même vers les jurés, avec des allures de maître d'école expliquant un problème difficile.

— J'habite Nogales. J'ai été alerté par téléphone, un peu avant six heures du matin. Je suis arrivé sur les lieux avec ma voiture à six heures vingt-huit minutes.

— Vous avez trouvé d'autres voitures près du lieu de l'accident ?

— Il y avait encore l'ambulance, ainsi que quatre ou cinq autos, les unes de la police, les autres de curieux. Un deputy-sheriff empêchait les gens de se diriger vers la voie.

— Le train était toujours là ?

— Non. J'ai rencontré le sheriff Atwater, qui était arrivé avant moi.

Il désignait, dans les bancs des spectateurs, quelqu'un que Maigret avait déjà remarqué mais sans le prendre pour un confrère.

— Qu'avez-vous fait ?

L'homme se levait, se dirigeait avec aisance vers le tableau noir, saisissait un morceau de craie.

— Vous permettez que j'efface ?

Il dessinait à son tour la route, la voie du chemin de fer, indiquait les quatre points cardinaux, la direction de Tucson et celle de Nogales.

— Tout d'abord, à cet endroit-ci, Atwater m'a signalé des traces de pneus qui indiquaient qu'une voiture avait freiné assez brusquement avant de se ranger sur le bas-côté de la route. Comme vous le savez, le bas-côté est sablonneux. Des traces de pas très nettes partaient de l'auto, et nous les avons suivies.

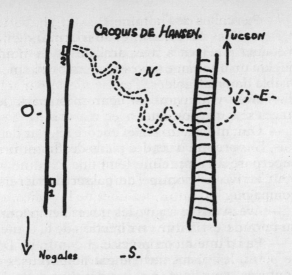

CROQUIS DE HANSEN.   TUCSON

-N-

O.-

-E-

O

Nogales   -S-

— Les traces de combien de personnes ?

— D'un homme et d'une femme.

— Pouvez-vous transcrire au tableau le tracé approximatif des pas ?

Il le fit en pointillé.

— L'homme et la femme paraissaient marcher côte à côte, sans suivre une ligne droite. Ils ont fait plusieurs détours avant d'atteindre la voie du chemin de fer et se sont arrêtés au moins deux fois. Puis ils ont franchi le talus en ce point que je marque d'une croix. De l'autre côté, sur une certaine distance, on perd la piste, parce que le sol est dur et caillouteux. Nous l'avons reprise à l'envers près de l'endroit où la femme a été heurtée par le train. Sur le talus proprement dit, constitué par de la pierraille, il n'y avait pas d'empreintes, mais, à quelques mètres, on retrouvait celles de la femme.

— Pas celles de l'homme ?

— Celles de l'homme aussi, mais elles n'étaient pas tout à fait parallèles. A ce point, quelqu'un a soulagé sa vessie, c'était nettement visible dans le sable.

— Avez-vous noté si, par moments, les traces se superposaient ?

— Oui, monsieur. Ici, et encore ici, par deux fois, l'empreinte d'un des pieds de l'homme se superpose à l'empreinte féminine, comme s'il était arrivé à l'homme de passer derrière sa compagne.

— Avez-vous retrouvé les traces de l'homme au retour, c'est-à-dire en direction de la route ?

— Pas d'une façon précise et continue. Dès ce point, les pistes deviennent nombreuses et confuses, sans doute à cause des gens du train, puis des ambulanciers et de la police.

— Avez-vous la ficelle dont a parlé le mécanicien ?

Il la tira de sa poche avec désinvolture. C'était un bout de ficelle quelconque, et il n'y attachait visiblement pas d'importance.

— La voici. J'en ai trouvé un autre bout cinquante mètres plus loin.

— Pas de question, attorney ?

— Combien de personnes étaient sur les lieux quand vous êtes arrivé ?

— Peut-être une douzaine.

— D'autres personnes avaient-elles commencé l'enquête ?

— Le *deputy-sheriff* Atwater et aussi, je crois, M. O'Rourke.

— Vous n'avez fait aucune découverte ?

— J'ai trouvé un sac à main en cuir blanc à quatre ou cinq mètres de la voie.

— Du côté des pas ?

— Du côté contraire. Il était en partie enfoncé dans le sol mou, comme s'il avait été lancé violemment au moment du choc. Nous connaissons ça. C'est le résultat de la force centrifuge.

— Vous avez ouvert le sac ?

— Je l'ai remis au sheriff O'Rourke.

— Votre enquête s'est bornée là ?

— Non, monsieur. J'ai examiné la route en direction de Tucson et en direction de Nogales sur une longueur d'environ un demi-mille dans chaque sens. A cent cinquante mètres environ, vers Nogales, j'ai relevé des traces de pneus très nettes, indiquant qu'une auto s'était arrêtée sur le bas-côté, à droite. Il y avait de nombreuses traces de pas et les empreintes, sur la route, indiquant que l'auto a fait demi-tour à cet endroit.

— Ces traces sont identiques à celles de la première voiture dont vous avez parlé ?

— Non, monsieur.

— Comment pouvez-vous en avoir la certitude ?

Hansen tira un papier de sa poche et énuméra les marques des pneus de la voiture qui avait fait demi-tour. Les quatre pneus, usés, étaient en effet de marques différentes.

— Vous savez à quelle auto ils appartiennent ?

— Je l'ai contrôlé par la suite. Ce sont les pneus de la Chevrolet de Ward.

— Et ceux de l'auto d'où partent les pas d'une femme et d'un homme ?

— Je crois que le sheriff n'aura pas de peine à retrouver la voiture. Il s'agit, en effet, d'une marque de pneus qu'on ne vend qu'à crédit, par mensualités.

— Vous avez examiné le taxi qui s'est rendu sur les lieux avec les caporaux Van Fleet et Wo Lee, ainsi que le sergent O'Neil ?

— Oui, monsieur. Il ne s'agit pas de cette auto-là. Le taxi est équipé de pneus Goodrich.

— Pas de questions, messieurs les jurés ?

Suspension. Maigret allumait déjà sa pipe, et Ezechiel, qui en faisait autant, lui adressait un clin d'œil complice. Le *deputy-sheriff* au gros revolver et à la ceinture lourde de cartouches conduisait les cinq hommes en tenue de prisonniers jusqu'à la galerie et ils allaient tour à tour au lavabo, où le commissaire se trouva en même temps que Ward et Mitchell.

Se trompait-il ? Il lui sembla qu'au moment où il poussait la porte le sergent Ward et le frère de Bessy se taisaient brusquement.

5

Le témoignage du chauffeur

C'est au rez-de-chaussée, pendant la même suspension, que Maigret se trouva seul dans un coin de la galerie avec Mitchell non loin de la grosse boîte rouge de coca-cola.

Maigret se sentait aussi gauche et aussi mal à l'aise qu'un provincial qui accoste une jolie femme dans une rue de Paris. Il lança d'abord des regards en coin, toussota, prit un air aussi dégagé que possible.

— Vous n'avez pas sur vous une photographie de votre sœur ?

Alors il se passa en quelques secondes un phénomène que le commissaire connaissait bien. Mitchell n'était déjà pas d'un aspect liant. Instantanément, il ressembla à tous les durs, faisant aussi bien penser aux mauvais garçons de Paris qu'aux gangsters des films américains. C'était une défense animale, que ces gens-là ont gardée et qu'on voit aux fauves qui s'immobilisent soudain, en alerte, tendus, le poil hérissé.

Un regard lourd, immobile, se fixait sur le gros Maigret qui s'efforçait de rester naturel.

Un peu lâchement, afin d'amadouer son interlocuteur, il ajouta :

— Il y a des tas de questions qu'*ils* semblent ne pas vouloir vous poser.

L'autre se méfiait encore, essayait de comprendre.

— On dirait qu'ils veulent que ce soit un accident.

— Ils le veulent.

— Je suis du métier. Je fais partie de la police française. Cette affaire m'intéresse à titre privé. J'aurais aimé voir une photographie de votre sœur.

Les mauvais garçons sont les mêmes partout. Avec cette différence pourtant qu'ici ils étaient sans gouaille, en plus amer.

— Ainsi, vous ne croyez pas, comme ces fils de chienne, qu'elle est allée se coucher exprès sur la voie pour que le train lui passe dessus ?

On le sentait lourd de rancœur. Il finissait par poser la bouteille de coca-cola par terre et par tirer un gros portefeuille usé de sa poche.

— Tenez, la voilà il y a trois ans.

La photographie était mauvaise, prise à la foire, devant une toile peinte. Les trois personnages étaient blafards. Ce n'était certainement pas dans le Sud-Ouest, car ils portaient de gros vêtements d'hiver, et Bessy avait de la fourrure bon marché au col de son manteau, une drôle de petite toque sur la tête.

Elle paraissait quinze ans, mais le commissaire savait qu'elle ne les avait pas à cette époque. Son petit visage chiffonné, mal portant, n'était pas sans charme. On sentait qu'elle jouait à la femme, à la femme très fière de sortir avec deux hommes.

Ils devaient être en bombe ce soir-là. Le monde leur appartenait. Mitchell, à peine adolescent, le chapeau sur les yeux, la cigarette collée à la lèvre, avec une moue de défi.

Le second compagnon était un peu plus âgé, dix-huit ou dix-neuf ans, assez gros, assez mou.

— Qui est-ce ?

— Steve. Il l'a épousée quelques semaines plus tard.

— Qu'est-ce qu'il faisait ?

— A ce moment-là, il travaillait dans un garage.

— Où était-ce ?

— Dans le Kansas.

— Pourquoi a-t-il divorcé ?

— Il est d'abord parti sans avertir et sans qu'on sache pourquoi. Les premiers mois, il a envoyé un peu d'argent, et les mandats venaient de Saint-Louis, puis de Los Angeles. Un jour, enfin, il a écrit qu'il valait mieux qu'ils divorcent et il a envoyé les papiers nécessaires.

— Il a donné une raison ?

— Je pense qu'il n'a pas voulu mettre ma sœur dans le bain. Six mois plus tard, il a été pris avec un gang qui volait les voitures. Il est maintenant à Saint-Quentin.

— Vous êtes allé en prison aussi ?

— Seulement en maison de correction.

En France, c'était plus facile. Maigret les connaissait et avait vite fait de franchir le mur qui les séparait.

Ici, en terrain étranger, il n'avançait qu'en hésitant, anxieux de ne pas effaroucher son compagnon.

— Vous êtes du Kansas ?

— Oui.

— Votre famille était pauvre ?

— On crevait de faim, oui. Nous étions cinq frères et sœurs avec à peine un an d'intervalle entre chacun. Mon père s'est fait tuer en camion quand j'avais cinq ans.

— Il était chauffeur de camion ? L'assurance n'a pas payé ?

— Il travaillait à son compte. Il possédait un vieux camion et allait acheter des légumes à la campagne pour les vendre dans les villes. Il était sur la route toutes les nuits. Le camion n'était pas entièrement payé et, bien entendu, il n'avait pas d'assurance.

— Qu'a fait votre mère ?

Il se tut, haussa les épaules, laissa tomber :

— Ce qu'elle a pu. A six ans, je vendais des journaux et je cirais les souliers dans les rues.

— Vous croyez que le sergent Ward a tué votre sœur ?

— Sûrement pas.

— Il l'aimait ?

Nouveau haussement d'épaules, à peine perceptible.

— Ce n'est pas Ward. Il a trop peur pour ça.

— Il avait vraiment l'intention de divorcer ?

— En tout cas, il ne l'aurait pas tuée.

— Mullins ?

— Mullins et Ward ne se sont pour ainsi dire pas quittés.

Il avait repris la photographie et l'avait remise en place. Regardant Maigret dans les yeux, il questionna :

— A supposer que vous découvriez qui a tué ma sœur, que feriez-vous ?

— Je le dirais au F.B.I.

— Ils n'ont rien à voir là-dedans.

— J'en parlerais au sheriff, à l'attorney.

— Vous feriez mieux de m'en parler à moi.

Et l'air toujours lointain, un peu méprisant, il s'éloigna, car, là-haut, on entendait Ezechiel appeler :

— Jurés !

Encore un conciliabule entre le coroner et l'attorney. Ce dernier disait :

— Je voudrais qu'on entende tout de suite le chauffeur de taxi qui attend depuis ce matin et qui est en train de perdre sa journée.

C'était toujours une surprise de voir les témoins sortir des rangs du public, car, la plupart du temps, ils ne ressemblaient pas à l'image qu'on se faisait d'eux. Le chauffeur, par exemple, était un petit maigre, aux grosses lunettes d'intellectuel, vêtu d'un pantalon clair et d'une chemise blanche, comme tout le monde.

Le début de l'interrogatoire révéla qu'il n'était chauffeur de taxi que depuis un an, qu'avant cela il avait été professeur de botanique dans un collège du Middle West.

— La nuit du 27 au 28 juillet, vous avez été hélé, en face du dépôt des autobus, par trois soldats de l'aviation.

— Je ne l'ai appris que par les journaux, car ils n'étaient pas en uniforme.

— Pouvez-vous les reconnaître et les désigner ?

Il pointa du doigt O'Neil, Van Fleet et Wo Lee sans la moindre hésitation.

— Avez-vous remarqué la façon dont ils étaient habillés ?

— Celui-ci et celui-là portaient des pantalons de cow-boys en toile bleue et une chemise blanche, ou, en tout cas, très claire. Le Chinois avait une chemise violette. Je n'ai pas remarqué la couleur de son pantalon.

— Ils étaient très ivres ?

— Pas plus que tous ceux qu'on ramasse à trois heures du matin.

— Savez-vous quelle heure il était exactement ?

— Nous sommes tenus d'inscrire toutes les courses et de noter l'heure. Il était trois heures vingt-deux minutes.

— Où vous ont-ils dit d'aller ?

— Ils m'ont demandé de prendre la route de Nogales en ajoutant qu'ils m'arrêteraient.

— Combien de temps avez-vous mis pour arriver à l'endroit où vous avez stoppé ?

— Dix-neuf minutes.

— Avez-vous entendu leur conversation pendant qu'ils étaient dans la voiture ?

— Oui.

— Qui parlait ?

— Ces deux-là.

Il désignait Van Fleet et le sergent O'Neil.

— Que disaient-ils ?

— Qu'il n'y avait pas de raison pour que leur camarade reste avec eux et qu'il ferait mieux de garder le taxi pour rentrer à la base.

— Ils ont dit pourquoi ?

— Non.

— Qui vous a demandé d'arrêter ?

— C'était O'Neil.

— Ils vous ont quitté tout de suite ? Il n'a pas été question que vous les attendiez ?

— Non. Ils ont encore discuté un moment.

Ils essayaient de décider leur camarade à rentrer en ville avec moi.

— Il faisait jour ?

— Pas encore.

— Qu'est-ce que leur camarade a répondu ?

— Rien. Il est descendu de l'auto.

— Qui a payé la course ?

— Les deux. O'Neil n'avait pas assez d'argent, et c'est l'autre qui a donné le reste.

— Cela ne vous a pas paru étrange qu'ils se fassent conduire en plein désert ?

— Un peu.

— Vous n'avez pas rencontré de voiture en chemin, ni à l'aller, ni au retour ?

— Non.

— Pas de question, attorney ?

— Merci. Je voudrais poser une question au caporal Wo Lee.

Celui-ci vint reprendre place sur la chaise des témoins, et on ajusta à nouveau la tige du micro.

— Vous avez entendu ce que vient de dire le chauffeur ? Savez-vous pourquoi vos camarades ont insisté pour que vous rentriez à la base ?

— Non.

— Pour quelle raison, hier, n'en avez-vous pas fait mention ?

— Je ne m'en souvenais pas.

Il mentait, lui aussi. C'était le seul qui n'avait pas bu, le seul dont les déclarations avaient paru sans bavures. Or il avait sciemment caché qu'on avait essayé de se débarrasser de lui.

— Y a-t-il d'autres détails que vous ayez omis de communiquer aux jurés ?

— Je ne crois pas.

— Hier, vous avez déclaré que, lorsque vous marchiez dans l'espoir de retrouver Bessy, vous étiez séparés. Vous vous teniez à une certaine distance l'un de l'autre, sur des lignes parallèles. Quelle était votre position ?

— Je longeais la route.

— Vous n'avez pas vu passer de voitures ?

— Non, monsieur.

— Qui était le plus près de vous ?

— Le caporal Van Fleet.

— De sorte que le sergent O'Neil longeait à peu près la voie ?

— Je crois qu'il était de l'autre côté.

— Je vous remercie !

Le témoin suivant était un officier de la patrouille des routes, grand et fort, superbe dans son uniforme.

C'était l'attorney qui l'avait fait citer et qui le questionnait.

— Dites-nous ce que vous faisiez le 28 juillet entre trois et quatre heures du matin ?

— J'ai pris mon service à trois heures, à Nogales, et j'ai roulé à faible allure dans la direction de Tucson. Avant d'atteindre le village de Tumacacori, j'ai croisé un camion immatriculé X-3233, qui revenait à vide de Californie et qui appartient à une firme de Nogales. Je me suis rangé pendant quelques minutes dans un chemin latéral afin de surveiller la route, comme c'est la règle.

— Où étiez-vous à quatre heures du matin ?

— J'arrivais à hauteur de l'aérodrome de Tucson.

— Aviez-vous croisé d'autres voitures ?

— Non. Lorsque nous rencontrons des voitures, la nuit, nous avons l'habitude d'enregistrer mentalement les numéros. Nous devons en effet les confronter avec les numéros des voitures volées qui nous sont transmis. Cela se fait automatiquement dans notre esprit.

— Avez-vous vu des piétons en bordure de la route ?

— Non. Si j'en avais vu à cette heure-là, j'aurais ralenti et les aurais sans doute interpellés pour leur demander s'ils n'avaient besoin de rien.

— Avez-vous vu ou entendu un train sur la voie ?

— Non, monsieur.

— Je vous remercie.

Ainsi, en dépit des affirmations de Ward, sa Chevrolet, à cette heure-là, n'était pas en bordure de la route, avec les deux hommes endormis.

— Caporal Van Fleet, s'il vous plaît ?

L'attorney se réveillait, semblait prendre tout à coup la direction des opérations, tandis qu'O'Rourke continuait à se pencher sur lui et à lui parler bas.

Peut-être Maigret s'était-il trompé et avaient-ils l'intention de pousser l'enquête à fond, mais selon certaines formes ?

— Vous maintenez que, quand la voiture de votre camarade s'est arrêtée une première fois, le sergent Ward et Bessy se sont éloignés ensemble de l'auto ?

— Oui, monsieur.

Pinky était encore moins à son aise que la veille. Pourtant il donnait l'impression de faire un effort pour rester fidèle à son serment de dire la vérité, gardait l'habitude, après chaque question, de réfléchir un bon moment.

— Qu'est-il arrivé ensuite ?

— L'auto a fait demi-tour, et Bessy a déclaré qu'elle voulait parler à Ward en particulier.

— De sorte que vous vous êtes arrêtés une seconde fois. Regardez le tableau noir. Est-ce à peu près à l'endroit marqué d'une croix que le deuxième arrêt a eu lieu ?

— A peu près. Je crois.

— Vous n'avez pas quitté l'auto, vos camarades non plus, à l'exception de Ward et de Bessy ?

— C'est exact.

— Et Ward est revenu seul. Après combien de temps à peu près ?

— Environ dix minutes.

— C'est alors qu'il a dit : « Qu'elle aille au diable. Cela lui apprendra. »

— Oui, monsieur.

— Pourquoi, O'Neil et vous, avez-vous essayé ensuite de vous débarrasser de Wo Lee ?

— Nous n'avons pas essayé de nous en débarrasser.

— Il n'a pas été question de le renvoyer en ville avec le taxi ?

— Il n'avait pas bu.

— Je ne comprends pas. Essayez d'exprimer votre pensée. C'est parce qu'il n'avait pas bu que vous vouliez qu'il retourne à la base ?

— Il ne boit pas, ne fume pas. Il est jeune.

— Continuez !

— C'était inutile qu'il ait des ennuis.

— Que voulez-vous dire par là ? Vous prévoyiez donc, dès ce moment-là, que vous auriez des ennuis ?

— Je ne sais pas.

— Lorsque vous marchiez à la recherche de Bessy, avez-vous crié le nom de celle-ci ?

— Je ne crois pas.

— Est-ce parce que vous pensiez qu'elle n'était pas en état de vous entendre ?

Cette fois, le Flamand, très rouge, resta immobile, sans répondre, le regard fixe.

— Avez-vous tout le temps vu votre camarade O'Neil ?

— Il était du côté de la voie.

— Je vous demande si vous l'avez vu tout le temps.

— Pas tout le temps.

— Etiez-vous de longs moments à le perdre de vue ?

— D'assez longs moments. Cela dépendait du terrain.

— Auriez-vous pu l'entendre ?

— S'il avait crié, oui.

— Mais vous n'entendiez pas ses pas ? Vous ne saviez pas s'il s'arrêterait ou non ? Vous est-il arrivé de vous rapprocher de la voie ?

— Je crois. On ne marchait pas nécessairement droit. Il fallait contourner des buissons, des cactus.

— Le caporal Wo Lee s'est-il approché de la voie, lui aussi ?

— Je ne l'ai pas vu.

— Lequel d'entre vous a décidé de faire demi-tour, alors que vous marchiez tous les trois en direction de Nogales ?

— O'Neil a fait remarquer que Bessy n'avait certainement pas pu aller plus loin. Nous avons dit à Wo Lee de longer la route.

— Et vous vous êtes séparés, O'Neil et vous ?

103

— Oui, un peu plus avant dans le désert.

— Pendant que vous êtes resté en compagnie d'O'Neil, après avoir quitté Wo Lee, avez-vous parlé de Bessy ?

— Non, nous n'avons parlé de rien.

— Vous étiez encore ivres ?

— Probablement moins.

— Vous pourriez montrer sur le tableau l'endroit où vous avez fait de l'auto-stop ?

— Je ne sais pas au juste. C'était par là.

— Je vous remercie. Sergent O'Neil, s'il vous plaît.

Deux ou trois fois, Maigret s'était senti épié. C'était Mitchell qui l'observait pour se rendre compte de ses réactions.

— Vous n'avez rien à changer à votre témoignage d'hier ?

— Non, monsieur.

Est-ce que celui-ci aussi était né dans la misère ? Il n'en donnait pas l'impression. Il paraissait avoir passé son enfance dans quelque ferme du Centre, avec des parents travailleurs et puritains. En classe, il avait dû être le meilleur élève.

— Pour quelle raison avez-vous essayé de vous débarrasser de Wo Lee ?

— Je n'ai pas essayé de m'en débarrasser. J'ai pensé qu'il était fatigué et qu'il ferait mieux de rentrer à la base. Il n'a pas une très forte santé.

— Est-ce vous qui lui avez demandé de marcher le long de la route ?

— Je ne m'en souviens pas.

— Lorsque vous longiez la voie, à la recherche de Bessy, vous est-il arrivé de crier le nom de celle-ci ?

— Je ne m'en souviens pas.

— Vous vous êtes arrêté pour satisfaire un besoin ?

— Je crois que oui.

— Sur la voie ?

— Je ne sais pas au juste.

— Je vous remercie. Monsieur le coroner, nous ferions peut-être bien d'entendre, afin de leur rendre leur liberté, Erna Bolton et Maggie Wallach qui sont ici depuis hier matin.

La compagne de Mitchell n'était ni jolie ni laide, un peu bas-cul, les traits épais. Pour la circonstance, elle avait mis une robe de soie sombre, et elle portait des bas, des bijoux bon marché. On sentait qu'elle voulait faire bonne impression, qu'elle s'était arrangée du mieux qu'elle pouvait.

Quand on lui demanda sa profession, elle répondit à voix très basse :

— Je ne travaille pas pour le moment.

Et elle s'efforçait de ne pas regarder O'Rourke qui paraissait bien la connaître. Sans doute lui était-il arrivé d'avoir affaire à lui ?

— Vous partagiez votre appartement avec Bessy Mitchell ?

— Oui, monsieur.

— Le sergent Ward est venu la voir plusieurs fois. Etiez-vous présente ?

— Pas toutes les fois.

— Avez-vous assisté à des disputes entre eux ?

— Oui, monsieur.

— Quelle en était la cause ?

Maintenant que l'attorney s'était mis de la partie, le coroner jouait avec son fauteuil à bascule, ou bien restait à regarder le plafond en suçant son crayon. Il faisait très chaud, malgré la réfrigération. Ezechiel s'était levé pour aller fermer les stores vénitiens qui découpaient le soleil en tranches minces. Maigret, assis devant la négresse au bébé, toujours accompagnée de toute une tribu, respirait leur odeur épicée.

Les prunelles de Mitchell, qui fixait sa compagne assise au siège des témoins, ne bougeaient pas plus que celles d'un aigle.

— Ward reprochait à Bessy de se faire faire la cour.

— Par qui ?

— Par tout le monde.

— Par le sergent Mullins, par exemple ?

— Je ne sais pas. Il n'est jamais venu à la maison. Je l'ai vu pour la première fois le 27 juillet au *Penguin Bar*.

— N'y a-t-il pas eu, le 24 ou le 25, une dispute plus violente que les autres ?

— Le 24. J'allais sortir. J'ai entendu...

— Dites-nous très exactement les paroles que vous avez entendues.

— Le sergent a crié : « Un de ces jours, je te tuerai, et cela vaudra mieux pour tout le monde. »

— Il était ivre ?

— Il avait bu, mais je ne pense pas qu'il était ivre.

— N'avez-vous pas parlé personnellement à Bessy pendant la soirée du 27 juillet ?

— Oui, monsieur. A un certain moment, je l'ai prise à part pour lui dire : « Tu devrais faire attention à celui-là. »

— De qui s'agissait-il ?

— De Mullins. J'ai ajouté : « ... Bill est

furieux... Si tu continues, ils vont finir par se battre... »

— Qu'a-t-elle répondu ?

— Elle n'a pas répondu. Elle a continué.

— Continué quoi ?

— A parler à Mullins.

Peut-être le mot parler était-il un peu faible ?

— Qui a proposé de continuer la partie chez le musicien ?

— C'est lui, Tony, le musicien. Il a dit qu'on pouvait aller chez lui. Je crois que c'est Bessy qui le lui avait demandé.

— Elle était ivre ?

— Pas très. Comme d'habitude.

— Pas d'autres questions ?

Au tour de Maggie Wallach, qui avait l'air d'une grosse poupée de son, avec une face ronde de bébé et des yeux à fleur de peau. Sa peau était très blanche, et elle ne paraissait pas saine.

Etait-elle la maîtresse du musicien ? Ce n'était pas précisé davantage que pour Erna Bolton et Mitchell.

— Où avez-vous fait la connaissance de Bessy Mitchell ?

— Nous travaillions au même *drive-in*, au coin de la Cinquième Avenue.

— Depuis combien de temps ?

— Environ deux mois.

Celle-ci sortait d'un *slum* de grande ville, et, petite fille, elle avait dû traîner son derrière nu sur les seuils, au milieu d'une marmaille bruyante et impitoyable.

— Vous étiez présente quand elle a rencontré le sergent Ward ?

— Oui, monsieur. Il était un peu plus de

minuit, il est venu en auto et a commandé des *hot-dogs*.

— Avec qui était-il ?

— Je crois que c'était le sergent Mullins qui l'accompagnait. Ils ont bavardé longtemps. Bessy est venue me demander si je voulais les retrouver plus tard et je lui ai répondu que je n'étais pas libre. Lorsqu'ils sont partis, elle a voulu savoir comment je trouvais Ward et m'a annoncé qu'il allait revenir seul pour la chercher.

— Il est revenu ?

— Oui. Juste avant la fermeture. Ils sont partis ensemble.

— Pendant la nuit du 27 juillet, chez le musicien, avez-vous vu Ward faire irruption dans la cuisine et frapper Bessy ?

— Non, monsieur. Il ne l'a pas frappée. J'étais derrière lui quand il est entré dans la cuisine. Bessy buvait, et il lui a arraché la bouteille des mains, a failli la lancer à terre, s'est ravisé et l'a posée sur la table.

— Il était furieux ?

— Il n'était pas content. Il n'aimait pas qu'elle boive.

— C'est pourtant lui qui l'avait amenée au *Penguin* ?

— Oui, monsieur.

— Pourquoi ?

— Sans doute parce qu'il ne pouvait pas faire autrement.

— Le sergent Ward, à ce moment-là, s'est-il disputé avec Mullins ? Je parle toujours de la scène de la cuisine.

— Je comprends. Il ne lui a rien dit. Il l'a regardé durement, mais il ne lui a rien dit.

Au suivant ! On semblait vouloir en finir ce jour-là et le coroner devenait plus avare de suspensions.

Le musicien, Tony Lacour, était chétif et effacé. La conformation de son visage était telle qu'il semblait toujours avoir pleuré ou être sur le point de le faire.

— Que savez-vous de la nuit du 27 juillet ?

— J'ai passé la soirée au *Penguin Bar* avec eux.

— Vous ne travaillez pas ?

— Pas pour le moment. J'ai fini, il y a dix jours, mon engagement au *Puerto-Rico Club*.

A l'instant où Maigret se demandait de quel instrument il jouait, la question fut posée par l'attorney, qui devait avoir eu la même curiosité. C'était l'accordéon. Maigret l'aurait parié.

— Quand, au *Penguin*, une dispute a éclaté entre Ward et Mitchell, vous les avez suivis dehors ? Connaissez-vous la cause de la dispute ?

— Je sais que c'était une question d'argent.

— Mitchell n'a-t-il pas reproché à Ward d'avoir des relations avec sa sœur, alors qu'il était un homme marié ?

— Pas devant moi, monsieur. Plus tard, dans mon appartement, après l'incident de la bouteille, il lui a dit que Bessy avait tendance à boire, que c'était malheureux, qu'elle n'avait que dix-sept ans et que, dans les bars, elle faisait croire qu'elle en avait vingt-trois, sans quoi on ne l'aurait pas servie.

— C'est vous qui avez proposé à la bande d'aller chez vous ?

— Bessy m'a avoué qu'elle n'avait pas envie

109

de rentrer, et, tout de suite, les autres ont parlé d'acheter des bouteilles.

— Avez-vous donné des cigarettes au sergent Ward ?

— Je ne crois pas.

— Avez-vous vu quelqu'un lui en glisser un paquet dans la poche ?

— Non, monsieur.

— Quelqu'un, à votre connaissance, fumait-il du marijuana ?

— Non, monsieur.

— Quelle heure était-il quand ils sont partis de chez vous ?

— Environ deux heures et demie.

— Qu'ont fait Harold Mitchell et Erna Bolton ?

— Ils sont restés.

— Jusqu'au matin ?

— Non. Peut-être encore une heure ou une heure et demie.

— A-t-il été question du sergent Ward et de Bessy ?

— Seulement de Bessy. Harold a expliqué que sa sœur avait pris l'habitude de boire et que c'était terrible pour elle parce qu'elle avait un mauvais poumon. Il a ajouté que, toute jeune, elle était allée en sana.

— Mitchell et Erna sont partis en voiture ?

— Non, monsieur. Ils n'ont pas d'auto. Ils sont partis à pied.

— Il devait être environ quatre heures du matin ?

— Au moins. Il commençait à faire jour.

Suspension ! Maigret retrouvait le regard du frère fixe sur lui, et ce regard-là n'était pas sans l'émouvoir un tout petit peu.

La première réaction de Mitchell à son égard avait été une méfiance glacée, et peut-être était-ce par une sorte de défi où il entrait du mépris, plutôt qu'avec espoir, qu'il avait répondu à ses questions.

Il venait de l'observer tout le temps de l'interrogatoire et paraissait maintenant se dire :

« Qui sait ? Il n'est peut-être pas comme les autres. C'est un étranger. Il cherche à comprendre. »

Son attitude n'était, certes, pas encore amicale, mais il n'y avait plus entre eux la même barrière infranchissable.

— Vous ne m'aviez pas dit qu'elle était tuberculeuse, murmura Maigret comme ils marchaient l'un derrière l'autre vers la sortie.

Harold ne fit que hausser les épaules. Peut-être était-il atteint aussi ? Non, car, dans ce cas, on ne l'aurait pas accepté dans l'armée. Erna Bolton l'attendait sous la colonnade. Elle ne lui prenait pas le bras. Ils ne se parlaient pas. Elle le suivait tout simplement, humble et docile, et son derrière trop bas se balançait comme un derrière de poule pondeuse.

O'Rourke, l'œil animé, se dirigeait avec l'attorney vers le bureau de celui-ci, tandis que les cinq hommes en tenue de prisonniers attendaient que le *deputy-sheriff* les reconduise à leur cellule.

La séance de l'après-midi aurait-elle lieu en haut ou en bas ? Maigret n'avait pas écouté la dernière parole du coroner. La femme juré, près de la boîte à coca-cola, mangeait un sandwich ; sans doute allait-elle tricoter sur un banc du square en attendant la séance.

— En bas, répondit-elle à sa question.

Harry Cole l'attendait au volant de sa voiture. Il y avait quelqu'un derrière, avec l'invariable chemise blanche. L'homme fumait une cigarette.

— Hello, Julius ! Pas encore fini ? Asseyez-vous près de moi. Nous allons aller manger un morceau.

La portière refermée, seulement, il ajouta, comme s'il présentait son compagnon :

— Ernesto Esperanza ! Il va falloir qu'il déjeune avec nous, car je n'ai personne pour le conduire à Phœnix avant ce soir et je n'aime pas beaucoup le confier aux sheriffs du comté. Tu as faim, Ernesto ?

— Assez faim, chef !

— Essaie d'en profiter. C'est le dernier repas au restaurant que tu as des chances de faire avant dix ou quinze ans.

Et, très simplement, à Maigret :

— J'ai fini par l'avoir, non sans peine. Il a essayé de me descendre avec un calibre 42. Ouvrez la boîte à gants. Vous trouverez le jouet.

Le revolver y était, un gros automatique qui sentait la poudre. Maigret, machinalement, retira le chargeur dans lequel deux balles manquaient.

— Il a bien failli ne pas me rater. N'est-ce pas, Ernesto ?

— Oui, chef.

— Si je ne m'étais pas baissé à temps et si je ne lui avais pas donné un croc-en-jambe, j'y passais. Voilà six mois que j'essaie de l'avoir et que, de son côté, il fait son possible pour se débarrasser de moi. Ça va, Ernesto ? Tes côtes ne te font plus mal ?

— Pas trop...

Pour les clients de la *cafétaria* où ils mangèrent des côtelettes de mouton et de la tarte aux pommes, ce n'étaient que trois consommateurs comme les autres. Le lendemain seulement la photographie du Mexicain paraîtrait dans les journaux avec un gros titre annonçant qu'un des plus importants trafiquants de stupéfiants était sous les verrous.

— Que deviennent vos cinq petits soldats de l'Air Force ? questionna Harry Cole en s'essuyant la bouche avec une serviette en papier. Avez-vous découvert le méchant qui a mis la petite Bessy sur la voie ?

Maigret ne se renfrogna pas. Il n'était pas de mauvaise humeur ce matin-là.

6

Le défilé des confrères

Cela devenait intime. Le matin, et surtout
après le repas de midi, que quelques-uns prenaient dans la cour ou dans le square voisin,
on se retrouvait avec plaisir les uns les autres.
On échangeait des petits saluts. On savait à
quelle place les habitués allaient s'asseoir, et
les cinq soldats eux-mêmes n'avaient pas l'air
de vous regarder comme des intrus.

L'intimité était encore plus sensible en bas,
où les jurés prenaient place sur un des bancs
du public, à côté des curieux, et où on ajoutait
au besoin des chaises. Invariablement, le coroner fronçait les sourcils en regardant le grand
ventilateur bruyant. L'appareil distributeur
d'eau glacée, avec ses gobelets en carton, était
près de Maigret, de sorte que tout le monde, à
un moment donné, venait à côté de lui.

Depuis qu'il avait caressé en passant le bébé
de la négresse, celle-ci lui retenait sa place et
lui adressait d'immenses sourires.

Quant à Ezechiel, il attendait que la séance
soit commencée pour faire à un nouveau venu
le coup de la cigarette ou du cigare. C'était un
faux bourru avec une âme de gamin espiègle.

Il se dressait tout à coup, les moustaches frémissantes, le bras tendu, s'écriait, sans égard pour les magistrats qu'il interrompait :

— Hé ! vous.

Toute la salle éclatait de rire. On se retournait pour voir qui s'était fait prendre.

— Eteignez votre cigarette !

Et, satisfait, il adressait un clin d'œil à la ronde. Il avait eu encore plus de succès quand il avait pris en faute l'attorney lui-même qui, rentrant après une suspension, avait oublié qu'il fumait.

— Hé ! Attorney...

Maigret ne pouvait pas croire qu'on allait en finir ce jour-là, que, dans quelques heures, les cinq hommes et la femme du jury allaient être à même de décider si, oui ou non, la mort de Bessy était accidentelle.

Si leur décision était affirmative, en effet, l'enquête serait close une fois pour toutes. Si au contraire, ils décidaient que la mort était due à des manœuvres criminelles d'une ou plusieurs personnes, Mike O'Rourke et ses hommes auraient tout le temps de travailler en attendant le procès définitif.

C'était drôle. Au déjeuner, Maigret avait fait une petite découverte qui l'amusait, qui lui faisait surtout plaisir, car c'était un peu une vengeance sur Harry Cole. Celui-ci n'avait pas été tout à fait le même que les autres jours. Il avait fait le beau comme s'il y avait eu une jolie femme avec eux, et le commissaire n'avait pas été long à comprendre que c'était à cause d'Ernesto, l'homme des stupéfiants.

Au fond, Cole avait pour lui l'involontaire considération, presque l'admiration qu'on vouait ici à tous ceux qui réussissent, qu'il s'agisse d'un milliardaire, d'une vedette de l'écran ou d'un assassin célèbre.

Le Mexicain avait passé pour vingt mille dollars de drogue d'un seul coup et il y avait eu d'autres expéditions auparavant : il possédait au-delà de la frontière, dans les montagnes accessibles seulement en avion, ses propres plantations de marijuana.

Au fond, si, à l'enquête, on ne manifestait pas plus d'intérêt pour les cinq soldats de l'Air Force, c'est que, si même l'un d'eux avait tué Bessy, ce n'était pas un criminel d'envergure.

Aurait-il tenu tête à la police, mitraillette au poing, obligeant à mobiliser tous les constables et à employer les gaz pour le réduire à l'impuissance, aurait-il attaqué dix banques ou massacré plusieurs familles de gros ranchers, qu'il y aurait eu foule dans les couloirs et jusqu'au milieu de la rue ?

Cela n'expliquait-il pas bien des choses ? Il s'agissait de réussir dans sa partie, quelle qu'elle fût.

Mitchell, parce qu'il était un dur, devait être respecté dans le petit cercle où il évoluait, tandis que Van Fleet, avec son visage d'enfant de Marie et ses cheveux ondulés, n'était rien du tout. La preuve, c'est qu'on l'avait surnommé Pinky. Le Rose ! En France, on aurait dit le Rouquin, ou le Frisé.

C'était un *deputy-sheriff* qui prenait place sur la chaise des témoins, Phil Atwater, celui qui était arrivé le premier sur les lieux et que l'inspecteur de la Southern Pacific avait trouvé en descendant de voiture.

Il ne portait pas sa plaque sur sa chemise. Il

était quelconque, entre deux âges, avec la mine maussade des gens qui digèrent mal et qui ont toujours quelqu'un de malade à la maison.

— Je me trouvais dans le bureau du sheriff quand, un peu avant cinq heures du matin, nous avons été alertés par téléphone. J'ai pris une des voitures et suis arrivé à cinq heures sept sur les lieux de l'accident.

Le mot fit tiquer Maigret, et la suite allait prouver qu'il ne se trompait pas. Atwater, encore que policier, était de ceux qui ont horreur de ce qui est du quotidien.

— L'ambulance est arrivée à peu près en même temps que moi. Il n'y avait que les gens du train au bord de la route et une voiture qui s'était arrêtée quelques minutes plus tôt. J'ai laissé en faction un des hommes que j'avais emmenés, afin d'empêcher les curieux éventuels de s'approcher de la voie. Tout de suite, j'ai relevé les traces d'une auto qui avait stationné à cet endroit. Je les ai entourées d'un trait à la craie et, sur le bas-côté sablonneux, de bouts de bois plantés dans le sol.

Celui-là était le type même du fonctionnaire consciencieux et semblait défier le monde entier de le prendre en faute.

— Vous ne vous êtes pas occupé du corps ?

— Pardon ! Je m'en suis occupé aussi. J'ai même ramassé plusieurs morceaux de chair et un morceau de bras avec la main entière.

Il disait cela d'un ton condescendant, comme s'il s'agissait d'une chose de vulgaire routine. Puis il fouillait dans sa poche, en retirait un petit papier.

— Voici quelques cheveux. On n'a pas eu le

temps d'en faire l'analyse, mais, à première vue, ils ressemblent aux cheveux de Bessy.

— Où les avez-vous ramassés ?

— A peu près à l'endroit où le choc a eu lieu. Le corps a été traîné ou roulé sur vingt-cinq mètres environ.

— Vous avez relevé des traces de pas ?

— Oui, monsieur. J'ai planté des bouts de bois afin de les protéger.

— Dites-nous quelles sortes de traces vous avez relevées.

— Des empreintes de femme. J'ai comparé avec un soulier de Bessy, et cela concorde.

— Il n'y avait pas d'empreintes masculines près des siennes ?

— Non, monsieur. En tout cas, pas entre la route et le chemin de fer.

— Pourtant, quand, un peu plus tard, vous avez suivi l'inspecteur de la compagnie, M. Hansen, celui-ci affirme avoir vu des traces d'homme.

— Probablement les miennes.

Il n'aimait pas la contradiction et il ne paraissait pas porter dans son cœur l'agent de la Southern Pacific.

— Voulez-vous, sur le tableau, nous montrer le tracé approximatif des pas ?

Il regarda le dessin qui avait été fait précédemment et, saisissant le chiffon, effaça tout. Puis il indiqua à nouveau la voie, la route, fit une croix à l'endroit où le corps avait été découvert, une autre à celui où il avait été heurté par le train.

Mais il se trompa en mettant le nord au sud. Son dessin zigzaguant ne concordait pas avec celui d'Hansen. Selon lui, Bessy aurait fait

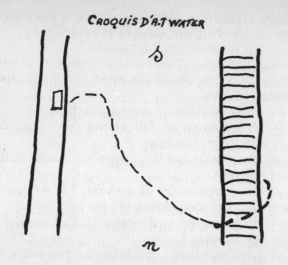

beaucoup moins de détours et se serait arrêtée une seule fois pour changer de direction.

Que pensaient les jurés de ces contradictions ? Ils écoutaient, regardaient avec une attention soutenue, et on les sentait désireux de comprendre et d'accomplir leur mission en conscience.

— C'est tout ce que vous avez découvert de ce côté-ci, je veux dire au nord de l'endroit où Bessy est morte ? Avez-vous cherché également des traces au sud, c'est-à-dire en direction de Nogales ?

Atwater regarda son plan en silence et, comme le sud et le nord étaient inversés, fut un bon moment sans comprendre ce qu'on lui demandait.

— Non, monsieur, déclara-t-il enfin. Je n'ai pas pensé que ce soit nécessaire de chercher vers Nogales.

120

On le laissa partir. Il devait avoir affaire au bureau, car il quitta aussitôt la salle, plein de dignité et de confiance en lui.

— Gérald Conley.

C'était un autre *deputy-sheriff*, celui qui avait tant de cartouches à sa ceinture et un si beau revolver à crosse de corne sculptée. Il était tout rond, le visage coloré. On devinait que c'était une silhouette populaire à Tucson et que la popularité ne lui déplaisait pas.

— A quelle heure êtes-vous arrivé sur les lieux ?

— J'étais chez moi et n'ai été prévenu qu'à cinq heures dix. Je suis arrivé là-bas un peu après cinq heures et demie sans avoir pris le temps de boire une tasse de café.

— Qui avez-vous trouvé sur place ?

— Phil Atwater était là en compagnie de l'inspecteur de la compagnie. Un autre *deputy-sheriff* assumait le service d'ordre, car plusieurs voitures s'étaient arrêtées. J'ai vu la piste jalonnée par des morceaux de bois et je l'ai suivie d'un bout à l'autre.

— A certains endroits, les empreintes de la femme se superposaient-elles à celles de l'homme ?

— Oui, monsieur.

— A quelle distance de la route à peu près ?

— A une quinzaine de mètres de la route. Les traces, en cet endroit, indiquent clairement que deux personnes se sont arrêtées pendant assez longtemps, comme s'il y avait eu une discussion.

— Les traces, ensuite, divergeaient-elles ?

— Mon impression est que la femme a continué seule. Elle marchait en zigzaguant.

Les empreintes masculines qu'on retrouve plus loin ne sont pas les mêmes que les premières.

Maigret recommençait à souffrir. A nouveau, il avait envie de se lever, d'ouvrir la bouche pour poser des questions précises.

Que les cinq garçons de l'aviation se contredisent, c'est assez naturel. Ils étaient comme cinq écoliers qui se sont mis dans une sale situation et qui essaient, chacun pour soi, de s'en tirer.

En outre, ils avaient commencé à boire à sept heures et demie du soir et ils étaient tous ivres, sauf le Chinois.

Mais la police ?

On aurait dit que les *deputy-sheriffs* étaient en train de régler entre eux des comptes personnels, et pourtant O'Rourke ne s'en inquiétait pas. Toujours assis à côté de l'attorney, sur qui il continuait à se pencher de temps en temps pour un commentaire, il souriait comme aux anges.

— Qu'avez-vous fait ensuite ?

— Je me suis dirigé du côté sud.

On le sentait bien content d'envoyer ce direct à son collègue qui venait de sortir.

— Une personne s'est soulagé la vessie près de la voie.

Maigret avait envie de questionner :

« Un homme ou une femme ? »

Car, en définitive, pour trivial que cela soit, un homme debout et une femme accroupie ne font pas les mêmes traces en urinant, surtout sur un terrain sablonneux.

Toute l'affaire était là, et personne ne semblait s'en apercevoir. Personne, non plus, n'avait demandé au docteur si Bessy avait fait l'amour ce soir-là. Personne n'avait examiné le linge des cinq garçons, et on se contentait de leur demander la couleur de la chemise qu'ils portaient...

Avec les traces partant de la voiture, c'était Ward qui devenait le plus suspect, à condition qu'à un endroit au moins ces traces se superposent. Et à condition que, comme dans la déclaration de l'homme de la Western Pacific, ces traces continuent jusqu'à la voie.

La déposition Atwater rendait la culpabilité de Ward à peu près impossible — à moins que le crime ait eu lieu lors du second voyage en auto.

Avec Conley, le sheriff au gros revolver, tout changeait une fois de plus. Ward n'aurait fait que suivre Bessy à une quinzaine de mètres. Mais, alors, pourquoi le sergent prétendait-il qu'il ne l'avait pas suivie du tout ?

Conley poursuivait :

— Il est impossible de relever des empreintes sur la voie elle-même, qui est caillouteuse, ni aux environs immédiats où le sol est plus dur que dans le désert. Mais, en marchant vers le sud et en obliquant vers la droite...

— Donc vers la route ?

— Oui, monsieur. En obliquant, dis-je, j'ai relevé d'autres empreintes.

— Venant de quelle direction ?

— De la route, plus au sud.

— Diagonalement ?

— Presque perpendiculairement.

— Des empreintes d'homme ?

— Oui, monsieur. J'ai posé des jalons. La

longueur des empreintes me fait penser qu'il s'agit d'un homme de taille moyenne.

— Où cette piste vous a-t-elle conduit ?

— A une cinquantaine de mètres de l'endroit où l'auto s'est arrêtée pour la première fois.

Rien n'empêchait, maintenant, que Ward ait dit la vérité, que Bessy se soit éloignée en compagnie de Mullins et n'ait pas reparu.

L'attorney devait suivre le même raisonnement que lui, car il demandait :

— Vous n'avez pas relevé d'empreintes féminines de ce côté ?

— Non, monsieur.

Cela ne tenait déjà plus.

— La piste se perd une fois arrivée à la voie de chemin de fer ?

— Oui, monsieur. On a dû continuer à marcher sur le remblai, où comme je vous l'ai dit, les pas ne marquent pas.

Suspension.

Deux fois O'Rourke passa près de Maigret dans la galerie, et les deux fois il le regarda avec un drôle de sourire. Il devait y avoir à boire dans le bureau où il entrait à chaque suspension d'audience, car, après, son haleine était plus forte.

Cole lui avait-il dit qui était ce gros spectateur passionné ? S'amusait-il de voir patauger son confrère ?

Le juré à la jambe de bois demanda du feu au commissaire.

— Compliqué, n'est-ce pas ? grommela Maigret.

Employa-t-il un mot incorrect que l'autre ne comprit pas ? Ou bien l'homme prenait-il à la lettre l'engagement de ne pas s'entretenir de l'affaire avant le verdict ? Toujours est-il qu'il se contenta de sourire et alla se planter devant la pelouse que rafraîchissaient des arroseuses à jet tournant.

Maigret se repentait de ne pas avoir pris de notes. C'étaient moins les contradictions des policiers qui l'intéressaient que celles des cinq hommes que chaque audience semblait rendre plus étrangers les uns aux autres.

— Hans Schmider !

On ne savait pas tout de suite ce qu'un témoin venait faire, et c'était un jeu de deviner sa profession. Celui-ci était gros, plus exactement il avait un gros ventre qui gonflait sa chemise, comme une poche molle, au-dessus de la ceinture trop serrée. Son pantalon collant ne lui arrivait pas au nombril, de sorte qu'il paraissait avoir de petites jambes et un buste démesuré.

Ses cheveux à moitié longs se dressaient en tous sens. Sa chemise était d'une propreté douteuse. Il avait des poils sur les bras et la poitrine.

— Vous appartenez au bureau du sheriff.

— Oui, monsieur.

A sa voix forte, à son air dégagé, presque familier, on devinait un habitué de ces sortes de séances.

— A quelle heure avez-vous été mis au courant ?

— Vers six heures du matin. Je dormais.

— Vous vous êtes rendu sur les lieux tout de suite ?

— Le temps de passer au bureau pour prendre mon matériel.

Il était tellement à son aise, renversé sur sa

chaise, le ventre en avant, qu'il tira machinalement ses cigarettes de sa poche et qu'Ezechiel eut juste le temps de bondir.

— Dites-nous ce que vous avez vu.

Schmider se leva, se dirigea vers le tableau
noir, les mains dans les poches, examina d'un
œil critique le dessin qui s'y trouvait et l'effaça.
Il dut se pencher pour ramasser par terre le
morceau de craie, et son pantalon se tendit au
point qu'on s'attendit à le voir craquer.

Il inscrivait d'abord le nord, le sud, l'est,
l'ouest, dessinait la voie, la route, puis une
ligne pointillée allant avec maints détours de
celle-ci à celle-là.

Enfin, au bord de la route, deux rectangles.

— Ici, au point A, j'ai relevé des traces de la
voiture que nous appellerons la voiture
numéro un.

Il descendit de l'estrade pour aller prendre
un paquet assez volumineux sur la table et il
en retira un premier morceau de plâtre.

— Voici l'empreinte du pneu gauche avant,
un Dunlop assez usagé.

De lui-même, il faisait passer l'objet, comme
un gâteau, sous le nez des jurés, recommençait
avec les trois autres moulages.

— Vous avez comparé ces empreintes avec
celles de l'auto de Ward ?

— Oui, monsieur. Elles sont identiques. Il
n'y a aucun doute sur ce point. Voici maintenant les empreintes de deux pneus de la voiture numéro deux. Ce sont des pneus presque
neufs, achetés à crédit. Les maisons qui
vendent cette marque de pneus ont été visitées,
mais je ne pense pas que nous ayons déjà
obtenu un résultat.

126

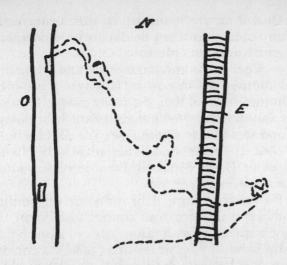

Dans la brigade du sheriff, Schmider était le technicien, l'homme de laboratoire, et il en avait la tranquille assurance ; l'idée d'une contradiction possible ne lui venait même pas à l'esprit.

— Vous avez relevé d'autres traces sur la route ?

— Quand je suis arrivé, il y avait beaucoup de voitures, outre l'ambulance et les autos de la police. Je n'ai pris les moulages que des empreintes qui m'ont été désignées et qui étaient particulièrement nettes.

— Qui vous les a désignées ?

Il se tourna vers la table de l'attorney et montra O'Rourke du doigt.

— Avez-vous d'autres moulages ?

Il revint vers sa boîte en carton qui était comme un tonneau des Danaïdes, et tout le monde attendait avec impatience et confiance à la fois, tout le monde avait l'impression que la vérité allait sortir de cette boîte.

Quand on vit Schmider en tirer l'empreinte d'un soulier, les cinq soldats, avec ensemble, regardèrent leurs pieds.

— Ceci est un moulage pris à une quinzaine de mètres de la route. Il s'agit d'un pied d'homme. Le soulier est assez usagé, le talon en caoutchouc. Voici maintenant le moulage d'une semelle de femme que j'ai effectué tout à côté. Il correspond exactement aux chaussures de Bessy Mitchell, comme vous pouvez vous en rendre compte.

De l'autre main, il brandissait un soulier sombre, rougeâtre, tout simple, tout banal, un mocassin de sport à talon plat qui avait beaucoup servi. Il passait les deux pièces à conviction sous les yeux des jurés. Pour un peu, il les aurait promenées dans les rangs du public.

— Vous êtes-vous livré à des recherches au sujet de la chaussure d'homme ?

— Oui, monsieur. J'ai comparé l'empreinte avec les chaussures des sheriffs qui sont allés sur les lieux.

— Elle ne correspond à aucune ?

— Non, monsieur. Le sergent Ward, comme j'ai pu m'en assurer, portait des bottes de cow-boy à hauts talons. Les pieds de Van Fleet, d'O'Neil et de Wo Lee sont plus petits.

On attendait. Il le savait et faisait durer son plaisir.

— La pointure correspond à peu près à celle du sergent Mullins, mais les chaussures qu'il m'a montrées n'ont pas de talons de caoutchouc.

On entendit un soupir, comme un soupir de soulagement, dans le rang des soldats, mais

Maigret ne put savoir lequel d'entre eux l'avait poussé.

Schmider, qui avait rangé avec soin ses plâtres sur la table, plongeait à nouveau le bras dans la boîte et en tirait, cette fois, un sac à main de cuir blanc.

— C'est le sac qui a été trouvé à quelques pas de la voie, en partie enfoncé dans le sable.

— Quelqu'un a-t-il identifié ce sac ?

— Non, monsieur.

— Sergent Mitchell !

Celui-ci s'avança. On lui tendit l'objet. Il ouvrit le sac et y prit une sorte de bourse en soie rouge qui contenait quelques pièces de monnaie.

— C'est bien le sac à main de votre sœur ?

— Je n'en suis pas sûr, mais je reconnais cette bourse qu'Erna lui a donnée.

Celle-ci, des rangs du public, intervenait pour affirmer :

— C'est son sac. Nous l'avons acheté ensemble, en solde, il y a un mois.

Il y eut quelques rires. A mesure que l'enquête s'avançait, les gens étaient de plus en plus à leur aise et, pour peu, se seraient interpellés comme au cirque.

— Voici un mouchoir, deux clefs, un bâton de rouge, de la poudre compacte.

— En dehors des pièces de monnaie, il n'y a pas d'argent ?

— Non, monsieur.

Et Erna d'intervenir à nouveau, sans être questionnée :

— Je me souviens qu'elle avait oublié son portefeuille.

Aucun papier. Aucune pièce d'identité. Cela

rappelait à Maigret une question qu'il s'était déjà posée.

On avait trouvé, sur la voie, un corps de femme assez abîmé. Or, quelques heures plus tard, avant que la nouvelle fût publiée par les journaux, les gens du sheriff annonçaient à Mitchell que sa sœur était morte.

Qui l'avait identifiée ? Comment ?

Il regardait O'Rourke d'un air maussade. C'était la première fois qu'il suivait une enquête en simple particulier, sans rien connaître du dessous des cartes, et cela le vexait de sentir que des tas de choses lui étaient cachées.

Ne lui arrivait-il pas d'en faire autant à Paris ? Combien de fois, pour avoir ses coudées plus franches, pour éviter une action intempestive, avait-il caché, même au juge d'instruction, ce qu'il savait d'une affaire ?

O'Rourke allait-il au moins se servir de ses avantages ?

Avait-il vraiment envie de découvrir la vérité, et surtout de la dire ?

Il y avait des moments où Maigret en doutait et d'autres où il pensait que son confrère, qui savait son métier, ferait le nécessaire à son heure.

Une dernière pièce à conviction restait dans la boîte, et Schmider l'en sortit enfin. C'était encore un plâtre, encore une empreinte de semelle.

— Ce moulage a été pris au sud de l'endroit où Bessy est morte.

Autrement dit, c'était la piste dont Gérald Conley, seul, avait parlé.

— C'est du 9, c'est-à-dire une pointure

moyenne, presque une petite taille. Le caporal Wo Lee porte du 8. Le sergent O'Neil et le caporal Van Fleet portent du 9 et du 9 un quart. Les chaussures qu'ils m'ont présentées n'avaient pas les mêmes traces d'usure.

Une fois encore, Maigret faillit se lever pour demander la parole, oubliant qu'il n'était pas chez lui.

L'horloge, au-dessus de la porte qui était ouverte et dans l'encadrement de laquelle s'entassaient des curieux, marquait quatre heures et demie. Les deux jours précédents, on avait suspendu les audiences aux environs de cinq heures.

Deux fois déjà on avait apporté des papiers à signer au coroner, qui se livrait à ce travail sans interrompre l'interrogatoire.

— Pas de questions, messieurs les jurés ?

Ce fut le nègre qui demanda :

— Le témoin a-t-il relevé les traces du taxi ?

— Elles ne m'ont pas été indiquées.

— Ne sait-il rien de la troisième voiture, celle qui a ramené les trois soldats à la base ?

— Lorsque je suis arrivé sur les lieux, il y avait déjà plusieurs autos et, pendant que je travaillais, il en est arrivé d'autres.

Le coroner regarda l'horloge.

— Messieurs, nous n'avons plus à entendre que le *chief deputy-sheriff* avant que vous entriez en délibération. Je me demande s'il ne vaut pas mieux en finir tout de suite.

O'Rourke leva la main.

— Voulez-vous me permettre de dire deux mots ? Ma déposition ne sera pas nécessairement longue, mais il est possible que, si nous attendons demain matin, un nouveau témoin se présente, qu'il serait intéressant d'entendre.

Maigret respira. Il respira si fort, avec un tel air de soulagement, que deux de ses voisins se tournèrent vers lui. Il avait craint qu'on envoie les jurés délibérer avec des renseignements aussi hétéroclites et contradictoires.

Il lui paraissait surtout invraisemblable qu'on en finisse avec cette affaire sans parler davantage de la troisième auto, à laquelle le nègre venait justement de faire allusion, celle qui avait ramené les trois soldats et qu'on ne semblait pas avoir retrouvée.

Etait-ce celle aux pneus achetés à crédit ? Pourquoi, par deux fois au moins, l'attorney avait-il demandé aux témoins si la carrosserie était en bon état et s'ils n'avaient pas remarqué des traces d'accident ?

Le coroner se tournait, interrogateur, vers les jurés, et ceux-ci, sauf la femme, hochaient affirmativement la tête avec empressement.

Ainsi, pendant un jour de plus, ils seraient autre chose que des citoyens ordinaires. Comme pour mettre le comble à leurs vœux, un photographe s'accroupissait devant eux, et un éclair traversait la pièce.

— Demain, à la Seconde Chambre, neuf heures et demie.

Maigret devait être sur la photographie, car deux personnes seulement le séparaient du premier juré.

Depuis une heure environ, il avait envie de travailler avec un bout de papier et un crayon, ce qui lui arrivait assez rarement. Il éprouvait le besoin de faire le point et il lui semblait qu'en peu de temps il parviendrait à éliminer la plupart des hypothèses.

— Ils n'ont pas questionné les autres hommes du train, fit une voix près de lui.

C'était Mitchell, de mauvaise humeur.

— Le mécanicien, qui se tenait à gauche de la locomotive, ne pouvait voir que le côté gauche de la voie, celui où étaient les jambes de ma sœur. Son assistant, à droite, voyait le haut du corps. J'ai encore demandé qu'on le fasse comparaître.

— Qu'a-t-on répondu ?

— Qu'on le ferait si on en voyait la nécessité.

— Comment ont-ils reconnu votre sœur ?

Cette fois, Mitchell le regarda avec étonnement, et Maigret dut, par cette simple question, perdre beaucoup de prestige à ses yeux, car il se contenta de hausser les épaules, et la foule les sépara.

Le commissaire avait compris. N'était-il pas évident qu'une fille comme Bessy Mitchell avait déjà eu affaire à la police ? La ville devait en compter quelques douzaines dans son genre, peut-être moins, et sans doute les tenait-on à l'œil.

Cela lui rappelait brusquement les hommes assis dans les bars, à longueur de soirée, à fixer d'un œil morne des calendriers plus ou moins érotiques. Cela lui rappelait les autos qu'il avait aperçues, arrêtées dans l'ombre, et dans lesquelles on devinait des couples qui retenaient leur respiration.

Harry Cole ne lui avait pas donné rendez-vous, mais Maigret était sûr qu'il allait le retrouver d'un moment à l'autre. C'était une façon de l'épater. C'était une façon de dire :

« Je vous laisse aller et venir, mais vous voyez que je sais toujours où vous trouver. »

Par esprit de contradiction, Maigret entra dans un bar au lieu de retourner à l'hôtel, et les premiers mots qu'il entendit furent :

— Hello ! Julius !

Cole était là, et Mike O'Rourke était assis à côté de lui devant un verre de bière.

— Vous vous connaissez ? Pas encore ? Le commissaire Maigret, qui est un policier fameux dans son pays. Mike O'Rourke, le plus rusé des *deputy-sheriffs* de l'Arizona.

Pourquoi ces gens avaient-ils toujours l'air de se moquer de lui ?

— Un verre de bière, Julius ? Mike me dit que vous avez suivi les débats avec une attention soutenue, et que vous devez avoir votre petite idée. Je l'ai invité à dîner avec nous. Je suppose que cela vous va ?

— Je suis enchanté.

Ce n'était pas vrai. Il aurait apprécié cette intention le lendemain, quand il aurait eu le temps de faire le point. Maintenant, il se sentait d'autant plus balourd que les deux autres paraissaient de très bonne humeur, comme s'ils avaient une idée de derrière la tête.

— Je suis sûr, disait O'Rourke en s'essuyant les lèvres, que le commissaire Maigret trouve nos méthodes d'investigation bien rudimentaires et bien naïves.

En guise de contre-attaque, Maigret riposta :

— La serveuse du *Penguin Bar* vous a donné des renseignements intéressants ?

— C'est une jolie fille, n'est-ce pas ? Elle est de sang irlandais, comme moi, et, vous savez, les Irlandais s'entendent toujours.

— Elle était au *Penguin* le soir du 27 ?

— C'était son jour de congé. Elle connaît très bien Bessy, Erna Bolton et plusieurs garçons.

— Y compris Mullins ?

— Je ne pense pas. Elle ne m'a pas parlé de lui.

— Wo Lee ?

— Non plus.

Restaient le caporal Van Fleet et le sergent O'Neil. Celui-ci était un Irlandais aussi, comme le *chief deputy-sheriff*.

— Vous avez retrouvé la troisième voiture ?

— Pas encore. Je garde l'espoir que nous la retrouverons avant demain matin.

— Il y a un certain nombre de choses que je ne comprends pas.

— Il y en aurait certainement davantage que je ne comprendrais pas si je suivais une enquête à Paris.

— Chez nous, la véritable enquête n'a pas lieu en public.

O'Rourke lui lança un regard amusé.

— Ici non plus.

— Je m'en suis douté. N'empêche que chacun de vos hommes vient déclarer ce qui lui plaît.

— Cela, c'est une autre histoire. N'oubliez pas que tout le monde dépose sous la foi du serment, et qu'aux Etats-Unis le serment est une chose très grave. Peut-être avez-vous remarqué cependant qu'ils ne font que répondre aux questions qu'on leur pose !

— J'ai surtout remarqué qu'il y a des questions qu'on ne leur pose pas.

135

Mike O'Rourke lui donna une tape sur l'épaule.

— O.K. ! Vous avez compris ! Quand nous aurons dîné, vous pourrez me poser toutes les questions qu'il vous plaira.

— Et vous y répondrez ?

— Probablement. Du moment que ce n'est pas sous la foi du serment...

7

Les questions du commissaire

Ce n'était pas Harry Cole, mais O'Rourke qui paraissait être l'amphitryon. Au lieu de conduire ses hôtes dans un restaurant, il les avait emmenés dans un cercle privé du centre de la ville.

Les locaux étaient neufs, très gais, d'un modernisme surprenant. Le bar était probablement le mieux achalandé que Maigret eût jamais vu et, pendant qu'ils prenaient l'apéritif, il put dénombrer quarante-deux marques de whisky, sans compter sept ou huit marques de cognac français et du vrai Pernod comme on n'en trouve plus à Paris depuis 1914.

En face du bar, bien astiquées, en ordre de marche, avec les séries familières de prunes, de cerises, d'abricots, étaient rangées les machines à sous. Quand le commissaire, qui voulait machinalement y glisser une pièce de cinq cents, y regarda de plus près, il s'aperçut que l'unité, pour certaines, était un dollar en argent, pour d'autres cinquante cents, pour d'autres enfin vingt-cinq.

— Je croyais ces appareils interdits, remarqua-t-il. Le jour de mon arrivée, justement, j'ai lu dans un journal de Tucson que le sheriff avait saisi un certain nombre de ces machines.

— Dans les endroits publics.

— Et ici ?

— Nous sommes dans un cercle privé.

Les yeux d'O'Rourke riaient. Il avait l'air heureux d'initier son confrère d'au-delà des mers.

— Voyez-vous, il y a beaucoup de cercles privés. Il en existe pour ainsi dire pour toutes les catégories sociales. Celui-ci n'est pas le plus élégant ni le plus fermé. Il y en a quatre ou cinq au-dessus. Puis toute une série en dessous.

Maigret apercevait la vaste salle à manger où ils allaient dîner et il commençait à comprendre la rareté des restaurants.

— Chacun, qui a la moindre situation, fait partie d'un cercle, et son ascension dans l'échelle sociale est marquée par des changements de cercles successifs.

— De sorte que chacun aussi peut jouer à la machine à sous.

— A peu près.

Et le sheriff, avec un coup d'œil en coin, glissa une grosse pièce d'un dollar toute neuve dans la fente d'un des appareils, ramassa d'un geste négligent les quatre pièces pareilles qui dégringolèrent.

— En bas, il y a un jeu de dés qui correspond pour nous à ce qu'est chez vous la roulette. On joue au poker aussi. Vous n'avez pas de cercles, en France ?

— Quelques-uns, limités à certaines classes sociales.

— Ici, nous avons même le cercle des

ouvriers du chemin de fer et celui des employés des postes.

— Alors, s'étonna Maigret, voulez-vous me dire à quoi servent tant de bars ?

Harry Cole buvait son double whisky comme on accomplit un rite.

— D'abord, ils servent de terrain neutre. On n'a pas toujours envie de rencontrer des gens de *sa* catégorie.

— Un instant ! Arrêtez-moi si je me trompe. Ne voulez-vous pas dire plutôt qu'on n'a pas toujours envie de se comporter comme on est obligé de se comporter avec des gens de *sa* catégorie ? Je suppose qu'ici, par exemple, il est assez mal vu de rouler sous la table ?

— Exact. Il vaut mieux aller au *Penguin Bar* ou ailleurs.

— Je comprends.

— Il y a aussi ceux qui n'appartiennent à aucune catégorie, autrement dit à aucun club.

— Les pauvres types !

— Pas seulement ceux qui n'ont pas d'argent, mais ceux qui ne se plient pas aux usages d'une classe sociale déterminée. Tenez ! A Tucson, qui est une ville routière, un club réunit les Mexicains d'origine qui ont fait souche aux Etats-Unis depuis plusieurs générations. On y est mal vu de parler espagnol ! Ceux qui le parlent encore ou qui parlent l'anglais avec un accent vont à un autre club qui groupe les nouveaux venus. *Have a drink*, commissaire !

Le cadre, le service étaient ceux d'un restaurant de luxe à Paris, et un sheriff y prenait ses repas presque tous les jours.

— Dites-moi, les soldats de la base ont leur club aussi ?

— Ils en ont plusieurs.

— Sont-ils obligés aussi, quand ils veulent se conduire d'une certaine façon, d'aller dans les bars ?

— Parfaitement.

— Notre ami Julius commence à comprendre, fit Cole qui mangeait avec appétit.

— Beaucoup de choses restent encore un mystère pour moi.

Il y avait du vin sur la table, du vin français qu'O'Rourke avait eu la délicate pensée de commander sans en rien dire. Ce gros homme d'aspect fruste n'était pas exempt de finesse, bien au contraire, et, plus on avançait dans la soirée, plus Maigret se sentait de sympathie pour lui.

— Cela ne vous ennuie pas que je vous parle de l'enquête ?

— Je suis ici pour ça.

C'était concerté. Peut-être était-ce O'Rourke qui avait demandé à Cole de le présenter à son confrère ?

— Si je comprends bien, votre position est, ici, l'équivalent de celle que j'occupe à Paris. Le sheriff, au-dessus de vous, correspond plus ou moins au directeur de la Police Judiciaire.

— Avec la différence qu'il est élu.

— L'attorney, lui, représente le procureur de la République. Et les *deputy-sheriffs* que vous avez sous vos ordres sont l'équivalent de mes brigades et de mes inspecteurs.

— Je crois que c'est à peu près cela.

— J'ai remarqué que vous souffliez la plupart des questions à l'attorney. C'est vous aussi,

140

sans doute, qui avez empêché que d'autres questions soient posées aux témoins ?

— Exact.

— Ces témoins, vous les aviez interrogés auparavant ?

— La plupart.

— Et vous leur avez posé *toutes* les questions ?

— J'ai fait mon possible.

— De quelle famille sort le caporal Van Fleet ?

— Pinky ? Ses parents sont de gros cultivateurs du Middle West.

— Pourquoi s'est-il engagé dans l'armée ?

— Son père exigeait qu'il travaille à la ferme avec lui. Il l'a fait à contrecœur jusqu'à il y a deux ans, puis, un beau jour, il est parti et s'est engagé.

— O'Neil ?

— Son père est instituteur et sa mère institutrice. Ce sont des gens très respectables. Ils ont tenu à faire de lui un intellectuel, et c'était un déshonneur quand il n'était pas le premier de sa classe. Il en a eu assez lui aussi. Tandis que Van Fleet allait de la campagne à la ville, O'Neil allait de la petite ville à la campagne. Pendant près d'un an, il a travaillé à piquer le coton dans le Sud.

— Mullins ?

— Il a eu, très jeune, des ennuis avec la police, et on l'a envoyé dans une école de redressement. Ses parents sont morts alors qu'il avait dix ou douze ans. La tante qui s'est occupée de lui est un être autoritaire et insupportable.

— Le rapport du docteur était-il complet ?

— Je ne comprends pas ce que vous voulez dire.

— Cinq hommes ont passé une grande partie de la nuit à boire avec une femme. Cette femme a été retrouvée morte sur la voie de chemin de fer. Or, pas un instant, à l'enquête, il n'a été question de ce qui avait pu se passer entre la femme et un ou plusieurs de ces hommes.

— Il n'en est jamais question.

— Dans votre bureau non plus ?

— Dans mon bureau, c'est différent. Je vous affirme que l'autopsie a été aussi complète qu'on peut le désirer.

— Le résultat ?

— Oui !

— Qui ?

C'était un peu comme si, jusqu'ici, Maigret n'avait vu de l'affaire qu'une sorte de toile peinte, comme la toile de fond d'un photographe. C'est cela qu'on mettait sous les yeux du public, qui paraissait s'en contenter.

Maintenant, les vrais personnages, avec leurs authentiques faits et gestes, se substituaient peu à peu à l'image artificielle.

— Cela ne s'est pas passé dans le désert.

— Chez le musicien ?

Cette visite chez le musicien chiffonnait Maigret depuis le début.

— Tout d'abord, le médecin a découvert que Bessy avait eu des rapports avec un homme dans le courant de la nuit, mais, selon lui, assez longtemps avant sa mort. Vous savez qu'en pareil cas on peut faire un test assez semblable au test du sang et, parfois, déterminer si c'est avec tel ou tel homme que les rapports ont eu lieu. C'est à Ward que j'en ai parlé d'abord, et il est devenu cramoisi. Ce n'était pas de peur, mais de jalousie, de rage. Il a bondi en criant : « Je m'en étais douté. »

— Mullins ?

— Oui. Il a avoué tout de suite.

— Dans la cuisine ?

— C'était prémédité. Il avait confié à Erna Bolton qu'il avait une furieuse envie de Bessy. Pour une raison ou pour une autre, Erna n'aime pas beaucoup le sergent Ward. Elle a promis à Mullins : « Peut-être tout à l'heure, chez le musicien... »

» Elle a admis qu'elle avait fait le guet près de la cuisine. C'est elle qui a prévenu le couple de l'approche de Ward. Et c'est par contenance que Bessy a eu la présence d'esprit de saisir une bouteille de whisky et de boire au goulot.

Maigret comprenait mieux l'attitude des témoins qui réfléchissaient avant de répondre aux questions et qui pesaient chacun de leurs mots.

— Vous ne croyez pas que ces détails intéressent les jurés ?

— C'est le résultat qui compte, n'est-ce pas ?

— Et vous arriverez au même résultat ?

— J'y veille.

— Est-ce par pudeur que vous avez évité tout ce qui a trait aux questions sexuelles ?

Au moment où il posait cette question, Maigret se souvint des machines à sous du bar et crut comprendre.

— Je suppose que vous voulez éviter de donner de mauvais exemples ?

— C'est à peu près ça. En France, si ce qu'on m'a dit est vrai, vous faites exactement le contraire. Vous racontez dans les journaux les frasques des ministres et de tous les personnages importants. Puis, quand un petit, un homme de la rue, a le malheur d'en faire autant, vous le bouclez. D'autres questions, commissaire ?

— Si j'avais eu un moment, je les aurais préparées par écrit. Erna prétend-elle que son amie Bessy était amoureuse de Mullins ?

— Non. Elle pense comme moi que Bessy était vraiment amoureuse du sergent Ward.

— Mais elle avait envie de Mullins ?

— Quand elle avait bu, elle avait envie de tous les hommes.

— Cela lui arrivait souvent ?

— Plusieurs fois par semaine. Avec Ward, c'était la romance. Quand il ne venait pas la voir, il lui écrivait tous les jours et lui téléphonait parfois pendant une demi-heure.

— Elle espérait l'épouser ?

— Oui.

— Et lui ?

— C'est difficile à dire. Je suis sûr qu'il m'a répondu sincèrement. C'est un assez bon garçon, au fond. Il s'est marié comme beaucoup de jeunes gens se marient ici, en quelques jours. On rencontre une fille. On se croit amoureux parce qu'on en a envie et on va chercher une licence de mariage.

— J'ai remarqué qu'on avait évité de faire comparaître sa femme.

— A quoi bon ? Elle n'est pas bien portante. Elle a du mal à élever ses deux enfants. Elle en attend un troisième, et c'est ce qui retenait Ward. Il aurait bien voulu épouser Bessy et en même temps il avait peur de faire de la peine à sa femme.

Maigret ne s'était pas trompé quand il avait comparé ces grands gaillards à des écoliers. Ils jouaient les durs. Ils se croyaient des durs. Un mauvais garçon de la Bastille ou de la place Pigalle aurait dédaigneusement déclaré que ce n'étaient que des enfants de chœur.

— C'est vous, *chief*, qui avez identifié le corps ?

— Mes hommes l'avaient fait avant moi. Bessy est passée cinq ou six fois par mon bureau.

— Parce qu'elle se livrait à la prostitution ?

— Vous employez toujours des mots trop précis et c'est pourquoi il est si difficile de vous répondre. Par exemple, quand elle travaillait au *drive-in*, Bessy gagnait environ trente dollars par semaine. Or, l'appartement qu'elle occupait avec Erna leur coûte soixante dollars par mois.

— Elle se faisait des suppléments ?

— Pas nécessairement en argent. On l'emmenait manger et boire. Un cocktail coûte cinquante cents ! Un whisky aussi.

— Il en existe beaucoup comme elle dans la ville ?

— A différents niveaux. Il y en a que l'on conduit manger un spaghetti dans un *drive-in* et d'autres à qui on offre un dîner au poulet dans un bon restaurant.

— Erna Bolton ?

— Mitchell la surveille de près. Cela lui coûterait cher de le tromper, et je suis persuadé qu'il l'épousera un jour ou l'autre. Ce ne sont pas des petits saints, mais ils ne sont pas méchants.

— Le sergent Mitchell a-t-il su que sa sœur

et Mullins avaient eu des relations dans la cuisine ?

— Erna l'a pris à part pour lui en parler !

— Quelle a été sa réaction ?

O'Rourke se mit à rire.

— Je n'étais pas là, commissaire. Je ne sais que ce qu'il a bien voulu me dire. Savez-vous qu'il était le tuteur de sa sœur et qu'il prenait son rôle au sérieux ?

— En la laissant coucher avec tous les hommes qui lui plaisaient ?

— Qu'auriez-vous voulu qu'il fasse ? Il ne pouvait être avec elle du matin au soir et du soir au matin. Il était indispensable qu'elle gagne sa vie, et elle n'avait pas assez d'instruction pour travailler dans un bureau. Il a essayé de la faire entrer comme vendeuse dans un magasin à prix unique, mais elle n'a pas pu rester plus d'un jour, car elle engageait la conversation avec les clients et se trompait dans ses comptes. Pour Mitchell, Ward était un pis-aller, et il aurait peut-être fini par l'épouser. Mullins aurait mieux valu, puisqu'il était célibataire.

C'était au tour de Maigret de rire. La physionomie des personnages changeait à vue d'œil à mesure des révélations d'O'Rourke.

On avait apporté de la fine, que le *chief deputy-sheriff* était fier de servir à son hôte, car la bouteille était millésimée. O'Rourke, qui avait entendu dire qu'on doit décanter le cognac avant de le boire, tenait religieusement son verre dans le creux de sa grosse main.

— A votre santé !

Ce qui surprenait Maigret, ce n'était pas l'indulgence d'hommes comme son confrère,

146

ou comme Harry Cole, qui emmenait déjeuner son prisonnier dans un bon restaurant.

Cette indulgence-là était courante au quai des Orfèvres aussi. Il y avait à Paris un certain nombre de mauvais garçons que Maigret connaissait par cœur, qu'il rencontrait de temps à autre et à qui il lui arrivait de dire :

— Tu as encore une fois été trop loin, mon petit, je suis obligé de t'arrêter. Cela te fera du bien de réfléchir à l'ombre pendant quelques mois.

Ce qui l'étonnait, c'était l'attitude des jurés, du public. Quand, par exemple, les témoins avaient décrit la beuverie de la nuit, cité le nombre de tournées, personne n'avait sourcillé.

Ces gens-là avaient l'air de comprendre qu'il faut de tout pour faire un monde et qu'une société comporte fatalement un certain pourcentage de déchets.

Tout en haut, il y avait les grands gangsters, qui étaient presque indispensables puisque, grâce à eux, on pouvait se procurer ce que la loi interdit.

Les gangsters ont besoin de tueurs pour régler leurs comptes entre eux.

Tout le monde ne peut pas faire partie d'un club d'une classe sociale déterminée. Tout le monde ne peut pas monter.

Il y a ceux qui descendent. Il y a ceux qui sont nés tout en bas. Il y a les faibles, les mal lunés et aussi ceux qui se font mauvais garçons pour crâner, pour se croire malgré tout aptes à quelque chose.

Or c'était tout cela que ces hommes pris dans la foule avaient l'air de comprendre.

— Van Fleet a-t-il une maîtresse ?

— Vous me demandez s'il couche plus ou moins régulièrement avec une femme ?

— Si vous préférez.

— Non. C'est plus difficile que vous ne le croyez. A part une Bessy ou une Erna Bolton, une femme, dans ce cas-là, finit toujours par se faire épouser. Bessy y était presque arrivée. Erna y arrivera.

— De sorte qu'il ne pouvait compter que sur des occasions ?

— De rares occasions, oui.

— Et O'Neil ?

— O'Neil aussi ! Je vous signale, en outre, que Ted O'Neil, malgré ses apparences, est le plus timide de tous. Il se sent déplacé. Il n'est pas dans son assiette ! Il a été élevé d'une façon stricte. Je me demande s'il ne lui arrive pas de regretter la maison paternelle et le milieu bien-pensant dont il se trouve exclu.

— Ses parents ne lui écrivent pas ?

— Ils ne veulent plus le connaître.

— Wo Lee ?

— Quand vous aurez habité une ville où vivent quelques centaines de Chinois, vous saurez qu'il vaut mieux ne pas essayer de les comprendre. Je crois que Wo Lee est un bon petit garçon et qu'il ambitionne de bien faire. Il est fier de son uniforme. Il se fera tuer bravement à la prochaine guerre.

Harry Cole, qui n'intervenait presque pas, les regardait tous les deux avec un sourire indéfinissable.

— Je connais un petit peu les Chinois, dit-il pourtant.

— Qu'est-ce que vous en pensez ?

— Rien ! laissa-t-il tomber ironiquement.

La plupart des gens avaient fini de dîner, et il y avait davantage de monde au bar, où on entendait des éclats de voix et des chocs de verres. Dans un salon voisin, on jouait aux cartes.

— Question ?

— Oui. Je ne sais pas trop comment la poser. J'en reviens toujours au fait qu'ils étaient cinq hommes et une femme et qu'ils avaient bu. Mullins, vous me l'avez dit, n'a pas résisté à la tentation. Il a eu ce qu'il voulait. Restent les trois autres. Croyez-vous qu'un garçon sanguin comme Van Fleet, qu'un jeune homme solide comme O'Neil n'aient pas eu envie de Bessy, eux aussi ?

— C'est fort possible.

— Ne pensez-vous pas qu'elle a joué le même jeu avec eux qu'avec Mullins ?

— C'est probable. Elle a dû les allumer, si c'est ça que vous voulez dire.

— Les Chinois ont-ils, comme les nègres, une certaine prédilection pour les femmes blanches ?

— Répondez, Harry.

— Je ne crois pas que ce soit par goût. Par goût, ils préféreraient plutôt leurs compatriotes. Mais c'est chez eux une question d'orgueil.

— Donc, reprit Maigret, qui revenait toujours à son idée, ils étaient cinq hommes et une femme dans l'auto. Derrière, si je ne me trompe, dans l'obscurité, il y avait, serrés les uns contre les autres, O'Neil, Bessy et Wo Lee. Attendez ! J'ai commencé par le mauvais bout. Vous avez dit que Ward était jaloux. Il connaissait le tempérament de Bessy et son comportement quand elle avait bu. Or c'est lui qui a organisé cette soirée avec ses camarades.

— Vous ne comprenez pas ?

— Je crois comprendre, mais j'aimerais savoir si mon raisonnement vaut pour les Américains.

— Ward était assez fier, lui, un homme marié, d'avoir ce que vous appelez une maîtresse. Imaginez-vous quelle supériorité cela représentait sur ses camarades ?

— Il courait le risque ?

— Il ne pensait pas au risque, mais seulement à les épater. Remarquez qu'à partir d'un certain moment il est devenu inquiet et a essayé d'empêcher Bessy de boire.

— Il ne paraît avoir été jaloux que de Mullins.

— Il n'avait pas tellement tort. A ses yeux, Mullins est le beau garçon qui plaît aux femmes. Il ne s'inquiétait pas beaucoup des deux autres qui ont une tête de moins que lui, et encore moins du Chinois, qui n'est qu'un enfant.

— Vous admettez que c'est une sorte d'exhibitionnisme ?

— J'ai entendu dire qu'à Paris comme ailleurs les personnages les plus précieux exhibent fièrement, à l'Opéra ou ailleurs, leur femme ou leur maîtresse largement décolletée.

— Croyez-vous qu'il se soit passé dans l'auto quelque chose qui ait décidé Bessy à ne pas aller à Nogales ?

— Il y a eu une première explication, mais j'ignore si elle est bonne. Depuis qu'il avait fait irruption dans la cuisine, Ward était nerveux, de mauvaise humeur. Il avait forcé Bessy à changer de place et à s'asseoir à l'arrière de l'auto pour la séparer de Mullins. Par la même occasion, il la séparait de lui. C'était une sorte de bouderie. Elle a fort bien pu répondre à une bouderie par une autre.

— Et si quelque chose lui avait fait peur ?

— Une tentative d'O'Neil ou du Chinois, dans une voiture où ils étaient six ? N'oubliez pas, commissaire, que ces gens-là, sauf Wo Lee, étaient tous passablement ivres.

— C'est pour cette raison que leur témoignage ne concorde pas ?

— Et aussi, j'en conviens, parce que chacun se sent plus ou moins soupçonné. En outre, il y a des rapports d'amitié qui interviennent. O'Neil et Van Fleet sont à peu près inséparables, et vous avez remarqué que leurs témoignages sont presque identiques. Wo Lee essaie de ménager tout le monde, parce qu'il lui répugne de jouer le rôle de rapporteur.

— Pourquoi Ward a-t-il déclaré que Bessy n'était pas remontée dans l'auto après le premier arrêt ?

— Parce qu'il a peur. N'oubliez pas que cette histoire le plonge dans les ennuis jusqu'au cou. Il a une femme, des enfants. Sa femme va probablement demander le divorce.

— Il a affirmé que Bessy s'était éloignée avec le sergent Mullins.

— Qu'est-ce qui nous prouve le contraire ?

— Vos deputy-sheriffs se contredisent, eux aussi.

— Chacun témoigne sous serment et dit ce qu'il croit la vérité.

— L'inspecteur de la Southern Pacific me paraît connaître son métier.

— C'est un homme de valeur.

— Conley ?

— Un brave homme.

— Atwater ?

— Un solennel imbécile.

Il ne bronchait pas en jugeant de la sorte des subordonnés.

— Et Schmider ?

— Un expert de premier ordre.

— Vous espérez vraiment retrouver la voiture qui a ramené les trois hommes ?

— Cela m'étonnerait qu'elle ne soit pas devant mon bureau demain matin, car, cet après-midi, nous avons eu l'adresse du garage qui a vendu les quatre pneus.

— C'est la raison pour laquelle l'enquête a été remise à demain ?

— Et aussi parce que les jurés seront plus frais.

— Vous pensez qu'ils ont compris quelque chose ?

— Ils ont été fort attentifs. A l'heure qu'il est, ils sont probablement un peu perdus. Il suffira, demain, de leur apporter quelques évidences s'il y en a.

— Et s'il n'y en a pas ?

— Ils jugeront selon leur conscience.

— N'y a-t-il pas avec ce système beaucoup de coupables qui restent en liberté ?

— Cela vaut mieux qu'un innocent enfermé, n'est-ce pas ?

— Pourquoi êtes-vous retourné hier au *Penguin Bar* ?

— Je vais vous le dire. Bessy, qui habitait à quelques pas, y allait presque chaque soir. J'ai

152

voulu dresser une liste des hommes qu'elle avait l'habitude de rencontrer.

— La serveuse vous a donné des renseignements intéressants ?

— Elle m'a appris que Van Fleet et O'Neil étaient venus plusieurs fois.

— En compagnie de Ward ?

— Non.

— Il leur est arrivé de sortir avec Bessy ?

— Non. Bessy ne les aimait pas.

— Cela exclut-il la possibilité que Bessy leur ait donné rendez-vous ? O'Neil aurait pu lui parler dans l'auto et lui demander de se débarrasser des autres.

— J'y ai pensé.

— Elle manifeste l'intention de ne pas continuer jusqu'à Nogales, se dispute exprès avec Ward, refuse de remonter dans la voiture et attend les deux autres dans le désert. Ceux-ci, dès leur arrivée à Tucson, se séparent de leurs compagnons, sans soupçonner que Ward et Mullins ont l'intention de retourner sur les lieux. Ils essayent de se débarrasser de Wo Lee qui n'est pas dans le coup et prennent un taxi.

— Et ils la tuent ?

— Je crois que j'aurais fait examiner le linge que portaient les deux hommes.

— Cela a été fait. Pour Van Fleet, l'examen a été négatif, s'il s'agit bien de ce que je crois comprendre. Pour O'Neil, il était trop tard, car son linge avait été déjà donné à la buanderie quand nous le lui avons demandé.

— Vous croyez que Bessy a été assassinée ?

— Voyez-vous, commissaire, ici on ne croit jamais quelqu'un coupable avant d'en avoir la preuve. Tout homme est présumé innocent.

Maigret riposta, mi-sérieux, mi-plaisant :

— Tout Français est présumé coupable. N'empêche que c'est vous, j'en jurerais, qui avez fait boucler les cinq hommes sous l'inculpation d'incitation de mineure à la débauche.

— L'ont-ils fait boire, oui ou non ? L'ont-ils admis ?

— Oui, mais...

— Ils ont donc enfreint la loi, et cela m'arrange, car cela simplifie mon travail de les voir en prison. Je n'ai pas trop d'hommes à ma disposition. Il aurait fallu les surveiller tous les cinq. Je crois que vous en savez maintenant à peu près autant que moi. Si vous avez d'autres questions à poser, je reste à votre disposition.

— Est-ce immédiatement après avoir appris la mort de sa sœur que Mitchell a déclaré qu'elle avait été assassinée ?

— Cela a été sa première réaction. N'oubliez pas qu'il savait qu'elle avait eu des rapports avec Mullins dans la cuisine et que Ward les avait presque surpris.

— Non !

— Que voulez-vous dire ?

— Mitchell n'a jamais soupçonné Ward. En tout cas, ce n'est pas lui qu'il soupçonne en ce moment.

— Il vous l'a dit ?

— Il me l'a laissé entendre.

— Vous en savez donc plus que moi, et je ferais peut-être bien d'avoir une conversation avec lui. De toute façon, il faut que je vous quitte pour aller à mon bureau. Vous restez avec le commissaire, Harry ?

Maigret se retrouva dans la rue avec Cole,

dont la voiture, comme d'habitude, n'était pas loin.

— Où avez-vous envie d'aller, Julius ?

— Me coucher.

— Vous ne croyez pas que ce serait le moment de prendre un dernier verre ?

C'était bien cela : ils sortaient d'un club où ils avaient à leur disposition, dans une atmosphère agréable, toutes les boissons de la terre. Cole y connaissait chacun. Ils pouvaient boire et bavarder tout leur saoul.

Or, à peine sorti, l'envie le prenait d'aller s'accouder dans un bar anonyme.

N'était-ce pas un peu l'attrait du péché ?

Maigret faillit quitter son compagnon et regagner l'hôtel, car il avait vraiment envie de dormir. Par une sorte de lâcheté, il le suivit, et Cole, tout naturellement, un peu plus tard, arrêta l'auto en face du *Penguin*.

C'était presque désert, ce soir-là. Il y régnait, comme d'habitude, une demi-obscurité, et de la musique émanait de la machine lumineuse. Près de celle-ci, à une table, deux couples étaient assis : Harold Mitchell avec Erna Bolton et le musicien avec Maggie.

Mitchell sourcilla en voyant entrer le commissaire en compagnie de l'officier du F.B.I. et se mit à parler bas avec ses compagnons.

— Vous êtes marié ? demanda Maigret à Cole.

— Et père de trois enfants. Ils sont là-bas en Nouvelle-Angleterre, car je ne suis plus ici que pour quelques mois.

On lut une certaine nostalgie dans son regard, et il vida son verre d'un trait.

— Que pensez-vous du club ? questionna-t-il à son tour.

— Je ne pensais pas le trouver si luxueux.

— Il y a mieux. Au *Country Club*, par exemple, on trouve un golf, plusieurs tennis, une magnifique piscine.

Cole, qui avait fait signe de remplir son verre, continuait :

— On mange beaucoup mieux et moins cher que dans les restaurants. Tout est de bonne qualité. Seulement, avouez que c'est... Il n'y a pas de mot en anglais. Je crois qu'en français vous dites : c'est *emmerdant*, n'est-ce pas ?

Drôles de gens ! Ils s'imposaient eux-mêmes des règles strictes. Ces règles, ils s'appliquaient consciencieusement à les suivre tant d'heures par jour, ou tant de jours par semaine, ou tant de semaines par an.

Eprouvaient-ils tous le besoin de leur échapper à un certain moment ?

Ce fut beaucoup plus tard, alors que la fermeture était proche, que Cole, qui avait beaucoup bu et qui, aujourd'hui, n'était agressif qu'avec lui-même, confia son secret.

— Voyez-vous, Julius, pour que le monde tourne rond, il est indispensable que les gens vivent d'une certaine manière. On a des maisons confortables, des appareils électriques, une auto luxueuse, une femme bien habillée qui vous donne de beaux enfants et qui les tient propres. On fait partie de sa paroisse et de son club. On gagne de l'argent et on travaille pour en gagner chaque année davantage. N'est-pas ainsi dans le monde entier ?

— Peut-être est-ce plus parfait chez vous.

— Parce que nous sommes plus riches. Chez

156

nous, il existe des pauvres qui ont leur auto. Les nègres qui piquent le coton possèdent presque tous une vieille voiture. Nous avons réduit le déchet au minimum. Nous sommes un grand peuple, Julius.

Et ce ne fut pas par politesse que Maigret répondit :

— J'en suis convaincu.

— Il n'y en a pas moins des moments où la maison confortable, la femme souriante, les enfants bien lavés, l'auto, le club, le bureau, le compte en banque ne suffisent pas. Est-ce que cela arrive chez vous aussi ?

— Je crois que cela arrive à tous les hommes.

— Alors, Julius, je vais vous donner ma recette, que nous sommes quelques millions à connaître et à pratiquer. On entre dans un bar comme celui-ci, peu importe lequel, car ils sont tous identiques. Le barman vous appelle par votre prénom ou par un autre prénom s'il ne vous connaît pas, cela n'a pas d'importance. Il pousse un verre devant vous et vous le remplit chaque fois qu'il le voit vide.

» A certain moment, quelqu'un que vous ne connaissez pas vous tape sur l'épaule et vous raconte son histoire. La plupart du temps, il vous montre la photographie de sa femme et de ses gosses et finit par avouer qu'il est un gros cochon.

» Parfois un type qui a le whisky mélancolique vous regarde de travers et, sans raison apparente, vous tape sur la gueule.

» Cela ne fait rien. On finit de toute façon par vous mettre dehors, à une heure du matin, parce que c'est la loi et que la loi reste la loi.

» On essaie de rentrer chez soi sans renverser de réverbères, car on risque la prison en conduisant une voiture en état d'ivresse.

» Et, le lendemain matin, on a recours à la petite bouteille bleue que vous connaissez. On fait quelques bons rots qui sentent le whisky. Un bain chaud, suivi d'une douche glacée, et le monde est à nouveau propre et neuf, on est tout heureux de retrouver sa maison en ordre, les rues bien nettoyées, l'auto qui roule sans bruit et le bureau réfrigéré. Et la vie est belle, Julius !

Maigret regardait, dans le coin, près de la machine à musique, les deux couples qui les regardaient.

En somme, c'était pour que la vie fût belle que Bessy était morte !

8

L'intervention du nègre

Ils étaient là tous les cinq, en uniforme bleu de prisonnier, sur la terrasse du premier étage. A force de lavages, la toile des vêtements était devenue du même bleu que les filets à sardines, du même bleu que le ciel qu'on retrouvait chaque matin aussi pur.

A l'ombre, dans le recoin, subsistait encore un peu de la fraîcheur de la nuit et de l'aube ; aussi, dès qu'on franchissait la ligne de lumière, des vagues brûlantes cuisaient-elles la peau.

Tout à l'heure, quand le soleil serait au plus haut dans le ciel, un des cinq hommes serait peut-être accusé de meurtre ou d'assassinat.

Y pensaient-ils ? Et ceux d'entre eux qui se savaient innocents se demandaient-ils lequel des leurs avait tué ? Ou bien le connaissaient-ils et ne s'étaient-ils tus que par camaraderie ou par esprit de corps ?

Ce qui frappait, c'était leur isolement.

Ils appartenaient à la même base, à la même unité. Ils étaient sortis, avaient bu, s'étaient amusés ensemble et tous s'appelaient par leur prénom.

Or, dès leur première comparution devant le coroner, d'invisibles cloisons s'étaient dressées entre eux et ils avaient cessé de se connaître.

Le plus souvent, ils évitaient de se regarder les uns les autres et, quand d'aventure ils le faisaient, leur regard était grave et lourd, chargé de soupçons ou de rancune.

Il leur arrivait de se frôler, de se trouver coude à coude sans que cela établît un contact entre eux.

Pourtant des liens existaient entre ces hommes que Maigret avait devinés dès le premier jour et qu'il commençait à mieux comprendre.

Par exemple, ils se partageaient en deux groupes distincts, non seulement quand ils étaient de sortie, mais à la caserne.

Le sergent Ward et Dan Mullins formaient un de ces groupes. C'étaient les aînés, on avait envie de dire les grands, et à côté d'eux les trois autres faisaient figure de bleus, constituaient la petite classe.

Comme les nouveaux élèves de l'année, ces trois-là gardaient quelque chose de pataud, d'indécis, et on lisait dans leurs yeux une admiration mêlée d'envie pour les anciens.

Or, c'était entre Ward et Mullins que le mur était le plus épais, le plus impénétrable. Ward pouvait-il oublier que Mullins avait possédé Bessy presque sous ses yeux, dans la cuisine du musicien, et que c'était sans doute la dernière étreinte qu'elle eût connue ?

Pour l'avoir, lui, il avait payé le prix. Il avait promis de divorcer, et cela signifiait qu'il serait séparé de ses enfants. Il avait tout mis dans la partie, alors que son camarade n'avait eu qu'à la caresser de son regard de bellâtre.

N'avait-il pas, contre Dan, des soupçons plus graves ? Ne fallait-il pas croire qu'il était de bonne foi quand il avait parlé d'une drogue qui lui aurait été administrée à son insu ?

Il s'était endormi tout à trac, et son orgueil de buveur l'empêchait d'admettre que c'était l'alcool. Il ignorait combien de temps il avait dormi. A ce sujet, Maigret avait fait une remarque amusante. Chaque fois que le coroner ou l'attorney avait demandé des précisions sur l'heure, les hommes avaient fini par répondre :

— Je n'avais pas de montre.

Cela lui avait rappelé son service militaire, au temps où les soldats touchaient un sou par jour et où après quelques semaines, toutes les montres du régiment étaient au mont-de-piété.

Qu'est-ce qui prouvait à Ward que Mullins était resté à côté de lui dans la voiture ?

Maigret avait demandé à Cole, qui s'y connaissait, puisque c'était sa spécialité :

— Le musicien ne pouvait-il pas avoir chez lui des cigarettes de marijuana ?

— D'abord, je suis à peu près certain que non. Ensuite, en aurait-il eu, cela n'aurait pas plongé Ward dans le sommeil épais qu'il a décrit. Il se serait senti, au contraire, d'une vitalité anormale.

Mullins, de son côté, ne soupçonnait-il pas Ward d'avoir profité de son sommeil pour gagner la voie de chemin de fer ?

Jamais, pourtant, on ne surprenait entre eux un regard de haine ou de reproche. On aurait dit que chacun essayait avec obstination, le front dur et plissé, de trouver la solution du problème.

Dans la petite classe, Van Fleet était le plus nerveux. Il avait, ce matin-là, les yeux de quelqu'un qui n'a pas dormi de la nuit, ou qui a longtemps pleuré.

Son regard était immobile, anxieux. Il semblait pressentir un malheur imminent, et ses ongles étaient rongés jusqu'au ras des doigts. Il les rongeait encore par inadvertance, s'arrêtait net dès qu'il s'en apercevait et cherchait une contenance.

O'Neil, têtu et renfrogné, ressemblait toujours au bon élève injustement puni et il était le seul des cinq à porter avec gaucherie un uniforme de prisonnier trop grand pour lui.

Le Chinois, lui, dans son regard, dans son visage aux traits à peine dessinés, dans son attitude, avait quelque chose de si pur qu'on avait envie de le traiter en enfant.

— Dernier jour ! lançait, à l'oreille de Maigret, une voix joyeuse qui le fit sursauter.

C'était un des jurés, le plus vieux, qui avait l'air d'une eau-forte. Ses yeux, entourés de mille rides fines et profondes, pétillaient à la fois de malice et de bienveillance. Il avait vu Maigret si assidu, si attentif, il l'avait senti si passionné, qu'il devait le croire déçu que cela finisse déjà.

— Dernier jour, oui.

Est-ce que le vieillard, qui ne paraissait pas tourmenté, avait déjà son idée sur l'affaire ? Van Fleet, qui était le plus près et qui avait entendu, se mettait à ronger ses ongles, tandis que le sergent Ward fixait son regard sombre

162

sur ce gros homme à l'accent étranger qui s'occupait de lui, Dieu sait pourquoi.

Ils étaient tous rasés de frais. Ward s'était même fait couper les cheveux, et on les lui avait tondus plus court que d'habitude sur la nuque et autour des oreilles, de sorte que la peau très blanche à ces endroits tranchait avec le reste de la peau tannée par le soleil.

Il se passait quelque chose d'anormal. Il était dix heures moins vingt, et Ezechiel n'avait pas encore appelé les jurés en séance.

Il n'était pas sous la galerie, mais en bas, à l'ombre, près de la pelouse, à fumer sa pipe devant une porte close.

On n'avait vu ni le coroner, ni l'attorney, ni O'Rourke, qui, d'habitude, allaient et venaient dans les couloirs.

Les habitués étaient allés s'asseoir dans la salle dès neuf heures et demie, puis ils en étaient sortis les uns après les autres, laissant leur chapeau ou un objet quelconque pour garder leur place. On regardait Ezechiel d'en haut. Certains descendaient pour aller boire un coca-cola. La négresse au bébé adressa la parole à Maigret, mais il ne comprit pas ce qu'elle disait et se contenta de lui sourire, puis de taquiner d'un doigt le menton de l'enfant.

Il descendit lui aussi, vit qu'il y avait réunion dans le bureau du coroner et reconnut O'Rourke qui téléphonait.

Il glissa cinq cents dans la fente de la machine rouge et but son premier coca-cola du matin à la bouteille. D'en bas, il continuait à observer les cinq hommes accoudés à la balustrade au premier étage.

C'est alors qu'il prit un bout de papier dans

son portefeuille et griffonna quelques jambages. Sous les arcades, il y avait un marchand de journaux et de cartes postales. Il vendait aussi des enveloppes et Maigret en acheta une, y glissa son papier, la ferma et écrivit le nom d'O'Rourke.

Petit à petit, on sentait monter l'impatience en même temps qu'une certaine inquiétude. Tout le monde avait fini par repérer la porte derrière laquelle les officiels étaient entrés, et parfois on voyait un des *deputy-sheriffs* en sortir, affairé, pour se précipiter vers un autre bureau.

Enfin une auto claire s'arrêta devant la colonnade, et un petit homme trapu traversa le patio et se dirigea vers le bureau du sheriff. On devait le guetter, car O'Rourke, courant à sa rencontre, l'emmena, et la porte se referma sur eux.

A dix heures moins cinq, enfin, Ezechiel, tirant une dernière bouffée de sa pipe, lança son traditionnel :

— Jurés !

Chacun prit sa place. Le coroner essaya diverses positions de son fauteuil et régla les micros. Ezechiel tripota un peu les boutons de la réfrigération et alla fermer les persiennes.

— Angelino Potzi !

O'Rourke cherchait Maigret des yeux et lui adressait un clin d'œil. Harold Mitchell, assis un peu plus loin, surprit ce signe et se renfrogna.

— Vous êtes marchand de comestibles et fournisseur de la base d'aviation ?

— Je fournis le mess des officiers et celui des sous-officiers.

164

Italien d'origine, il avait gardé son accent. Il avait très chaud. Il s'était dépêché et s'épongeait sans cesse, regardait autour de lui avec curiosité.

— Vous ne savez rien de la mort de Bessy Mitchell et vous n'avez pas entendu parler de l'enquête ?

— Non, monsieur. Je suis arrivé il y a une heure de Los Angeles, où je suis allé avec un de mes camions chercher de la marchandise. Ma femme m'a dit qu'on avait téléphoné plusieurs fois pendant la nuit pour demander si j'étais de retour. Tout à l'heure, au moment où je venais de prendre une douche et où j'allais me coucher, un homme du sheriff est venu.

— Quel a été votre emploi du temps depuis le 28 juillet au matin ?

— En quittant la base où j'avais à prendre des commandes...

— Un instant. Où avez-vous passé la nuit du 27 au 28 ?

— A Nogales, côté mexicain. Je venais d'acheter deux camions de cantaloups et un camion de légumes. Nous avons passé une partie de la nuit ensemble, mes fournisseurs et moi, comme cela nous arrive souvent.

— Vous avez bu beaucoup ?

— Pas beaucoup. Nous avons joué au poker.

— Ne vous est-il rien arrivé d'autre ?

— Nous sommes montés prendre un verre au quartier réservé, et, pendant que ma voiture stationnait, une auto a dû la heurter, car j'ai retrouvé une aile abîmée.

— Décrivez-nous votre voiture.

— C'est une Pontiac beige, que j'ai achetée d'occasion il y a une huitaine de jours.

— Vous saviez que les pneus avaient été acquis à crédit ?

— Je l'ignorais. Il m'arrive fréquemment d'acheter et de revendre des voitures. Pas tant pour un bénéfice que pour rendre service.

— A quelle heure avez-vous repris la route de Tucson ?

— Il devait être à peu près trois heures du matin quand j'ai franchi la grille. J'ai bavardé un instant avec l'agent de l'Immigration, qui me connaît très bien.

Il avait gardé l'habitude européenne de gesticuler en parlant et il regardait tour à tour les personnages qui l'entouraient, comme s'il ne comprenait pas encore ce qu'on lui voulait.

— Vous étiez seul dans l'auto ?

— Oui, monsieur. En approchant de l'aéroport de Tucson, j'ai aperçu quelqu'un qui me faisait signe de m'arrêter. J'en ai conclu que l'homme faisait de l'auto-stop et j'ai regretté que ce ne soit pas arrivé plus tôt, car j'aurais eu de la compagnie.

— Quelle heure était-il ?

— Je n'ai pas roulé vite. Il devait être un peu plus de quatre heures.

— Il ne faisait pas jour ?

— Pas encore. Mais la nuit n'était déjà plus noire.

— Tournez-vous et dites-nous lequel de ces hommes vous a arrêté de la sorte.

Potzi n'hésita pas.

— C'est le Chinois !

— Il était seul au bord de la route ?

— Oui, monsieur.

— Comment était-il habillé ?

— Je crois qu'il portait une chemise mauve ou violette.

— Vous n'aviez pas vu de voitures en venant de Nogales ?

— Si, monsieur, environ deux milles plus loin.

— Vers Nogales ?

— Oui. Une Chevrolet était arrêtée au bord du chemin, devant un poteau télégraphique. Ses feux n'étaient pas allumés, et, un instant, j'ai cru à un accident, car l'avant touchait presque le poteau.

— Vous n'avez remarqué personne à l'intérieur ?

— Il faisait trop sombre.

— Que vous a dit le caporal Wo Lee ?

— Il m'a demandé si je ne voulais pas attendre un instant ses deux camarades qui allaient venir d'une seconde à l'autre. Il a ajouté qu'ils appartenaient tous les trois à la base, et j'ai répondu que j'y allais justement. J'ai pensé que les deux autres s'étaient éloignés un instant de la route pour faire leurs besoins.

— Vous avez attendu longtemps ?

— Cela m'a paru long, oui.

— Combien de minutes environ ?

— Peut-être trois ou quatre. Le caporal a crié des noms, les mains en porte-voix tournées vers la voie du chemin de fer.

— Vous pouviez voir la voie ?

— Non, mais je fais souvent la route et je sais où elle passe.

— Wo Lee ne s'est pas éloigné ?

— Non. Je voyais bien qu'il était décidé à partir sans ses camarades si ceux-ci ne venaient pas tout de suite.

— Il était à l'intérieur de la voiture ?

— Il est resté dehors, appuyé sur l'aile avant.

— C'est l'aile avant qui a été abîmée à Nogales ?

— Oui, monsieur.

Maigret comprenait. Les policiers avaient dû retrouver sur la route de la peinture écaillée, et c'est pourquoi on avait demandé aux trois hommes si l'auto qui les avait ramenés à la base portait des traces d'accident.

— Que s'est-il passé ensuite ?

— Rien. Les deux autres sont arrivés. On a d'abord entendu leurs pas.

— Venant de la direction de la voie ?

— Oui.

— Qu'ont-ils dit ?

— Rien. Ils sont entrés aussitôt dans l'auto.

— Ils ont pris place derrière ?

— Un des deux s'est installé derrière avec le Chinois. L'autre s'est assis à côté de moi.

Il se retourna et, sans qu'on le lui demande, désigna O'Neil.

— C'est celui-là qui était à l'avant.

— Il a bavardé avec vous ?

— Non. Il était fort rouge et avait la respiration bruyante. J'ai pensé qu'il était saoul, qu'il venait peut-être de vomir.

— Ils ne se sont pas parlé entre eux ?

— Non. Pour vous dire la vérité, je me suis mis à parler tout seul.

— Jusqu'à la base ?

— Oui. Je les ai quittés dans la première cour, tout de suite après les barbelés. Je crois que le Chinois est le seul à m'avoir dit merci.

— Vous n'avez rien retrouvé, par la suite, dans votre voiture ?

— Non, monsieur. J'ai fait ce que j'avais à faire et je suis rentré chez moi. Il m'arrive souvent de passer une nuit sans dormir. Le chauffeur est venu me chercher avec un des camions, et nous nous sommes dirigés vers Los Angeles. Nous en sommes repartis hier à midi. Je n'ai pas lu les journaux, car j'ai été fort occupé.

— Pas de questions, messieurs les jurés ?

Ceux-ci hochèrent la tête, et Potzi, ramassant son chapeau de paille qu'il avait posé par terre, gagna la sortie.

— Un instant. Voulez-vous avoir l'obligeance de rester encore un moment à la disposition de la cour ?

Il n'y avait plus de place assise et il se tint debout dans l'encadrement de la porte, alluma une cigarette, s'attirant ainsi les foudres d'Ezechiel.

Au moment où O'Rourke se levait enfin, le vieux nègre du jury tendit la main comme à l'école.

— Je voudrais qu'on demande à chacun des cinq hommes, sous la foi du serment, quand il a vu Bessy Mitchell, vivante ou morte, pour la dernière fois.

Maigret tressaillit et regarda le juré avec un étonnement mêlé d'admiration. O'Rourke, en se rasseyant, se tourna vers lui, lui jeta un coup d'œil qui signifiait :

« Pas si bête, le vieux ! »

Il n'y avait que le coroner à paraître ennuyé.

— Sergent Ward ! appela-t-il.

Et, quand le sergent fut assis devant le micro en métal chromé :

— Vous avez entendu la question du juré. Je

vous rappelle que vous déposez sous la foi du serment. Quand avez-vous Bessy pour la dernière fois, vivante ou morte ?

— Le 28 juillet, dans l'après-midi. M. O'Rourke m'a amené au dépôt mortuaire pour la reconnaître.

— Quand l'aviez-vous vue avant cela pour la dernière fois ?

— Quand elle a quitté l'auto en compagnie du sergent Mullins.

— Lors du premier arrêt de la voiture, sur le côté droit de la route ?

— Oui, monsieur.

— Lorsque vous êtes descendu ensuite pour aller à sa recherche, vous ne l'avez pas aperçue ?

— Non, monsieur.

Le nègre fit signe qu'il était satisfait.

— Sergent Mullins ! Je vous pose la même question et vous adresse la même observation. Quand avez-vous vu Bessy pour la dernière fois ?

— Quand elle est sortie de la voiture avec Ward et qu'ils se sont éloignés dans l'obscurité.

— Lors du premier arrêt ?

— Non, monsieur. Lors du second.

— C'est-à-dire quand la voiture était déjà tournée vers Tucson ?

— Oui, monsieur. Je ne l'ai pas revue ensuite.

— Caporal Van Fleet.

Celui-ci était visiblement mûr. Ses nerfs, pour une raison ou pour une autre, commençaient à flancher, et il ne faudrait qu'un tout petit choc pour qu'il s'effondre. Son visage était brouillé, ses doigts sans cesse en mouvement ; il ne savait où poser son regard.

— Vous avez entendu la question ?

O'Rourke s'était penché sur l'attorney, qui prononçait :

— J'insiste sur le fait que vous témoignez sous serment et je vous rappelle que le parjure est un crime fédéral qui vous expose à une peine pouvant aller jusqu'à dix ans de prison.

Ce fut aussi pénible à voir qu'un chat blessé sur lequel s'acharnent des gamins excités. Pour la première fois, on sentit vraiment le drame. A ce moment précis, le bébé de la négresse se mit à crier. Le coroner, impatienté, fronça les sourcils. La maman essaya en vain de faire taire l'enfant. Deux fois Van Fleet ouvrit la bouche pour parler, et les deux fois le bébé cria de plus belle, si bien qu'en fin de compte la négresse se décida à regret à quitter la salle.

Alors Pinky ouvrit la bouche une fois de plus, et sa bouche resta ouverte sans qu'il en sortît aucun son. Le silence parut aussi long qu'à Potzi les trois minutes d'attente sur la grande route. On avait envie d'aider le caporal, de lui souffler une réponse, de demander au coroner de ne pas le martyriser davantage.

Ce fut O'Rourke, encore une fois, qui se pencha sur l'attorney, et celui-ci se leva, marcha droit vers le banc des témoins, maniant un porte-mine à la façon d'un maître d'école.

— Vous avez entendu la déposition de Potzi ? Lorsqu'il s'est arrêté au bord de la route, votre camarade Wo Lee seul s'y trouvait. Où étiez-vous ?

— Dans le désert.

— Du côté de la voie ?

— Oui.

— Sur la voie ?

Il secoua négativement la tête avec énergie.

— Non, monsieur. Je jure que je n'ai pas mis les pieds sur la voie.

— Mais, d'où vous étiez, vous pouviez voir la voie ?

Pas de réponse. Il regardait partout et nulle part. Maigret avait l'impression qu'il devait faire un énorme effort pour ne pas se retourner vers O'Neil.

Les gouttes de sueur étaient visibles sur son front, et il s'était remis à ronger ses ongles.

— Qu'avez-vous vu sur la voie ?

Il ne répondait pas, figé par la panique.

— Dans ce cas, répondez à la première question : quand avez-vous vu Bessy, morte ou vivante, pour la dernière fois ?

L'angoisse du Flamand était telle qu'on en avait mal aux nerfs et que certains, sans doute, avaient envie de crier : « Assez ! »

— J'ai dit morte ou vivante ? Vous m'avez entendu ? Répondez.

Alors, Van Fleet se leva d'une seule pièce et éclata en sanglots tout en agitant négativement la tête d'une façon convulsive.

— Ce n'est pas moi ! Ce n'est pas moi !... criait-il, haletant. Je le jure ! Ce n'est pas moi !...

Il tremblait des pieds à la tête en proie à une crise de nerfs, ses dents claquaient, il promenait autour de la salle un regard perdu qui ne devait rien voir.

O'Rourke s'approcha vivement de lui et lui saisit un bras fermement, car il était obligé de serrer très fort pour empêcher le gamin de se jeter à terre. Il le conduisit ainsi vers la porte et le remit entre les mains du gros Gérald Conley, le *deputy-sheriff* au revolver à crosse sculptée.

Il lui parla à voix basse, alla s'entretenir ensuite avec le coroner.

On sentait le flottement, l'indécision. L'attorney s'approcha à son tour du coroner, et ils discutèrent pendant quelques instants. Puis on eut l'air de chercher quelqu'un. On ramena des couloirs Hans Schmider, l'homme des empreintes, qui avait à nouveau un paquet dans la main.

Tourné vers le nègre du jury, le coroner murmura :

— Si vous le permettez, nous allons entendre ce témoin avant de poser la question aux deux derniers hommes. Approchez, Schmider. Dites-nous ce que vous avez découvert cette nuit.

— Je me suis rendu à la base en compagnie de deux hommes, et nous avons fouillé les ordures qui attendaient d'être brûlées. Celles-ci s'entassent dans un terrain vague, à une certaine distance des baraquements. Nous avons dû nous servir de lampes électriques. En fin de compte, nous avons trouvé ceci.

D'un carton, il tirait une paire de chaussures basses, assez usagées, et en montrait le dessous, désignait les talons de caoutchouc.

— J'ai comparé avec les empreintes. Ce sont bien les chaussures qui ont laissé les traces numéro 2.

— Précisez.

— J'appelle traces numéro 1 celles qui vont approximativement de la voiture à la voie de

173

chemin de fer, en suivant plus ou moins la piste de Bessy Mitchell. Les traces numéro 2 sont celles qui commencent plus loin sur la route en direction de Nogales, pour aboutir au même point, sur la voie, non loin de l'endroit où le corps a été retrouvé.

— Avez-vous pu déterminer à qui ces chaussures appartiennent ?

— Non, monsieur.

— Vous avez questionné les gens de la base ?

— Non, monsieur. Il y a environ quatre mille hommes.

— Je vous remercie.

Avant de partir, Schmider posa les souliers sur la table de l'attorney.

— Caporal Wo Lee.

Celui-ci se dirigea vers le siège des témoins, et on dut une fois de plus baisser le micro.

— N'oubliez pas que vous témoignez sous la foi du serment. Je vous pose la même question qu'à vos camarades. Quand avez-vous vu Bessy Mitchell pour la dernière fois ?

Il n'eut pas une hésitation. Il marqua cependant un temps, comme il le faisait d'habitude, avec l'air de traduire mentalement la question dans sa propre langue.

— Quand elle est sortie de la voiture la seconde fois.

— Vous ne l'avez pas revue ensuite ?

— Non, monsieur.

— Vous ne l'avez pas entendue ? intervint l'attorney à qui O'Rourke avait parlé bas.

Cette fois, il réfléchit davantage, fixa un moment le plancher, écarta ses grands cils de fille qui découvraient des yeux purs.

— Je ne suis pas sûr, monsieur.

Aussitôt il chercha O'Neil du regard, eut l'air de s'excuser.

— Que voulez-vous dire exactement ?

— J'ai entendu des bruits, comme si des gens se disputaient et remuaient des arbustes.

— A quel moment ?

— Peut-être dix minutes avant l'arrivée de la voiture.

— Vous parlez de la voiture de Potzi ?

— Oui, monsieur.

— Vous étiez sur la route ?

— Je ne l'ai pas quittée.

— Il y avait longtemps que vous aviez renvoyé le taxi ?

— Peut-être une demi-heure.

— Où étaient vos camarades ?

— Quand nous avons abandonné le taxi, nous avons d'abord marché tous ensemble en direction de Nogales, comme je vous l'ai dit. Je crois que nous nous étions trompés d'endroit et que nous nous étions arrêtés trop près du champ d'aviation. Après un certain temps, nous avons fait demi-tour et nous nous sommes séparés. Je continuais à marcher sur la route. J'entendais Van Fleet à une vingtaine de mètres dans le désert, et O'Neil était plus loin.

— A hauteur de la voie ?

— A peu près. A un certain moment, il y a eu des bruits.

— Vous avez reconnu une voix de femme ?

— Je ne sais pas.

— Cela a duré longtemps ?

— Non, monsieur, cela a été très court.

— Vous n'avez entendu ni la voix de Van Fleet, ni celle d'O'Neil ?

— Je crois que oui.

— Laquelle des deux ?

— Celle d'O'Neil.

— Que disait-il ?

— C'était confus. Je crois qu'il appelait Van Fleet.

— Il a prononcé ce nom ?

— Non, monsieur. Il l'appelait Pinky, comme d'habitude. Quelqu'un s'est mis à courir. J'ai eu l'impression qu'on continuait à parler bas. C'est alors que j'ai aperçu une auto qui venait de Nogales et que je me suis avancé sur la route pour lui faire signe.

— Vous saviez que vos camarades viendraient vous rejoindre ?

— Je pensais qu'en entendant l'auto s'arrêter ils viendraient.

— Pas de question, attorney ?

Celui-ci fit non de la tête.

— Messieurs les jurés ?

Ils disaient non aussi.

— Suspension !

9

La bouteille plate du sergent

C'est en vain que Maigret essaya d'arrêter O'Rourke au passage. Affairé, il passa vite et s'enferma dans un bureau qui devait être le sien, au rez-de-chaussée. La fenêtre en était ouverte à cause de la chaleur, et on put voir un défilé ininterrompu pendant toute la durée de la suspension.

Pinky était là, assis sur une chaise, près des classeurs verts : on lui avait donné de l'alcool pour le remettre d'aplomb.

O'Rourke et un de ses hommes lui parlaient gentiment, comme entre camarades, et il arriva deux ou trois fois au caporal d'avoir un pâle sourire.

La négresse errait toujours dans les couloirs, son bébé sur le bras, avec ses frères et sœurs qui lui faisaient escorte, et, quand on appela les jurés, elle fut la première à aller prendre place.

En définitive, cela se passait à peu près comme en France, à cette différence près qu'en France les interrogatoires auraient eu lieu dans un des bureaux de la Police Judiciaire, toutes portes closes, au lieu de se dérouler en public.

Les jurés paraissaient plus graves, comme s'ils sentaient venir l'heure des responsabilités.

Est-ce que, sans la question du nègre, l'enquête aurait pris la même tournure ? O'Rourke se serait-il chargé de l'opération ?

— Sergent Van Fleet.

Il avait maintenant l'air d'un boxeur qui s'est fait salement sonner au cours des rounds précédents et qui s'avance vers son adversaire pour le knock-out, de sorte qu'on le suivait des yeux avec une certaine pitié.

On savait qu'il savait, et tout le monde voulait connaître enfin la vérité. En même temps, on avait un peu honte de l'état dans lequel on était obligé de le mettre.

Le coroner laissa le soin de l'achever à l'attorney, qui se leva à nouveau et s'avança vers le témoin, son porte-mine à la main.

— Une dizaine de minutes avant l'arrivée de la voiture qui vous a ramenés tous les trois à la base, il s'est passé un incident sur la voie et du bruit a été perceptible de la route. Avez-vous entendu ?

— Oui, monsieur.

— Avez-vous vu quelque chose ?

— Oui, monsieur.

— Que s'est-il passé exactement ?

On comprenait qu'il avait pris la résolution de tout dire. Il cherchait ses mots ; pour un peu, il aurait demandé de l'aide.

— Il y avait déjà un certain temps que Jimmy était couché avec Bessy...

C'était curieux de l'entendre, à ce moment précis, appeler O'Neil par son prénom.

— Je suppose que j'ai dû faire du bruit sans le vouloir.

— A quelle distance étiez-vous du couple ?

— A cinq ou six mètres.

— O'Neil savait que vous étiez là ?

— Oui.

— Cela avait été convenu entre vous ?

— Oui.

— Qui a acheté la bouteille plate de whisky. A quel moment ?

— C'était un peu avant la fermeture du *Penguin Bar*.

— En même temps que les autres bouteilles ?

— Non.

— Qui y avait pensé ?

— Nous deux.

— Vous voulez dire O'Neil et vous.

— Oui, monsieur.

— Dans quelle intention avez-vous acheté une bouteille pouvant se glisser dans la poche, alors que vous aviez bu toute la soirée et que vous alliez continuer à boire chez le musicien ?

— Nous voulions saouler Bessy, et le sergent Ward ne la laissait pas boire autant qu'elle voulait.

— Vous aviez dès ce moment des intentions précises ?

— Peut-être pas précises.

— Vous saviez qu'on proposerait d'aller finir la nuit à Nogales ?

— Là ou ailleurs, cela se passe toujours de la même manière.

— En somme, avant votre départ du *Penguin,* c'est-à-dire avant une heure du matin, vous saviez ce que vous vouliez ?

— Nous nous disions que nous aurions peut-être une occasion.

— Bessy était-elle au courant ?

— Elle savait que Jimmy était allé plusieurs fois au *Penguin* pour la rencontrer.

— Aviez-vous mis Wo Lee dans le secret ?

— Non, monsieur.

— Qui avait la bouteille en poche ?

— O'Neil.

— Qui l'avait payée ?

— Nous deux. Je lui ai donné deux billets d'un dollar. Il a mis le reste.

— Il y avait déjà une autre bouteille dans l'auto.

— Nous ne savions pas d'avance qu'on l'y laisserait. Et puis c'était une trop grosse bouteille, qu'on ne pouvait pas cacher.

— Quand vous êtes partis pour Nogales et qu'O'Neil s'est trouvé à l'arrière avec Bessy, a-t-il essayé d'en profiter ?

— Je suppose.

— Lui a-t-il donné à boire ?

— C'est possible. Je ne le lui ai pas demandé.

— Si je comprends bien, cela vous a arrangés qu'on abandonne Bessy dans le désert.

— Oui, monsieur.

— Vous en avez parlé entre vous ?

— Nous n'avons pas eu besoin d'en parler, nous nous sommes compris.

— Avez-vous décidé dès ce moment de vous débarrasser de Wo Lee ?

— Oui, monsieur.

— Vous n'avez pas prévu que Ward et Mullins retourneraient dans le désert ?

— Non, monsieur.

— Supposiez-vous que Bessy serait consentante ?

— Elle avait déjà beaucoup bu.

— Et vous comptiez la faire boire davantage ?

— Oui, monsieur.

Au point où il en était maintenant, il répon-
drait aux questions les plus gênantes.

— Comment se fait-il que vous ayez mis une
demi-heure à peu près pour retrouver Bessy
Mitchell ?

— Nous avons dû arrêter le taxi trop tôt.
Nous avions bu aussi. Il est difficile dans la
nuit de reconnaître un endroit déterminé de la
route.

— Vous avez encore essayé de renvoyer Wo
Lee. Quand vous avez fait demi-tour, vous avez
marché tous les deux dans le désert.

— Oui, monsieur.

— Vous étiez ensemble ?

— O'Neil se tenait à ma droite, à une vingtaine de mètres. Je pouvais entendre son pas.
De temps en temps, il sifflait doucement pour
me faire savoir où il était.

— C'est sur la voie qu'il a trouvé Bessy ?

— Non, monsieur. Tout près.

— Elle dormait ?

— Je ne sais pas. Je le suppose.

— Que s'est-il passé au juste ?

— J'ai entendu qu'il lui parlait doucement et
j'ai compris qu'il se couchait près d'elle. Elle a
d'abord cru que c'était le sergent Ward. Puis
elle a éclaté de rire.

— Il l'a fait boire ?

— Sûrement, car j'ai entendu le bruit de la

bouteille vide tombant sur les cailloux, probablement sur la voie.

— Que faisiez-vous pendant ce temps-là ?

— Je m'approchais aussi silencieusement
que possible.

— O'Neil le savait ?

— Il devait le savoir.

— C'était entendu entre vous ?

— Plus ou moins.

— C'est alors qu'il s'est produit quelque
chose d'imprévu ?

— Oui, monsieur. J'ai dû accrocher un buis-
son, et cela a fait du bruit. Alors Bessy s'est
débattue et est devenue furieuse. Elle a crié
qu'elle comprenait, que nous étions des sales
types, que nous la prenions pour une putain,
mais que nous nous trompions. O'Neil essayait
de la faire taire, par crainte que le caporal Wo
Lee l'entende.

— Vous vous êtes encore approché ?

— Non, monsieur. Je ne bougeais pas. Mais
elle voyait ma silhouette. Elle nous lançait des
injures, promettait de le dire à Ward qui nous
casserait la gueule.

Il parlait d'une voix monotone, dans un
silence absolu.

— O'Neil la tenait-il à bras-le-corps ?

— Elle lui ordonnait de la lâcher et elle se
débattait. A la fin, elle s'est dégagée et s'est
mise à courir.

— Sur la voie ?

— Oui, monsieur. O'Neil courait après elle.
Elle tenait à peine sur ses jambes et zigzaguait.
Elle a buté plusieurs fois sur les traverses. Elle
est tombée.

— Ensuite ?

182

— O'Neil a crié : « Tu es là, Pinky ? »

» Je me suis approché de lui et j'ai entendu qu'il grognait : « C'est une garce ! »

» Il m'a demandé d'aller voir si elle était blessée. Je lui ai dit d'y aller lui-même parce que je n'en avais pas le courage. Je me sentais malade. J'entendais sur la route une auto qui se rapprochait. Wo Lee nous a appelés.

— Personne n'est allé voir dans quel état était Bessy ?

— O'Neil a fini par y aller. Il s'est juste penché sur elle. Il a tendu la main, mais il ne l'a pas touchée.

— Qu'a-t-il dit en revenant ?

— Il a dit : « Un sale tour qu'elle nous joue. Elle ne bouge pas. »

— Vous en avez conclu qu'elle était morte ?

— Je ne sais pas. Je ne pouvais plus le questionner. L'auto nous attendait. On voyait ses phares. On entendait la voix du chauffeur.

— Vous n'avez pas pensé au train ?

— Non, monsieur.

— O'Neil n'y a pas fait allusion ?

— Nous n'avons pas parlé du tout.

— Et une fois à la base ?

— Non. Nous nous sommes couchés sans rien dire.

— Pas de questions, messieurs les jurés ?

Ils ne bougèrent pas.

— Sergent O'Neil.

Les deux hommes se croisèrent près de la chaise des témoins en évitant de se regarder.

— Quand avez-vous vu Bessy Mitchell pour la dernière fois ?

— Quand elle est tombée sur la voie.

— Vous vous êtes penché sur elle ?

— Oui, monsieur.

— Elle était blessée ?

— J'ai cru voir du sang sur sa tempe.

— Vous en avez conclu qu'elle était morte ?

— Je ne sais pas, monsieur.

— L'idée ne vous est pas venue de la transporter ailleurs ?

— Je n'en avais pas le temps, monsieur. L'auto attendait.

— Vous n'avez pas pensé au train ?

Il eut une seconde d'hésitation.

— Pas d'une façon précise.

— Lorsque vous l'avez trouvée près de la voie, elle était endormie ?

— Oui, monsieur. Elle s'est réveillée presque tout de suite.

— Qu'avez-vous fait ?

— Je lui ai donné à boire.

— Vous avez eu des rapports sexuels avec elle ?

— J'ai commencé, monsieur.

— Qu'est-ce qui vous a interrompus ?

— Elle a entendu du bruit. En apercevant la silhouette du caporal Van Fleet, elle a compris et s'est débattue en me criant des injures. J'ai eu peur que Wo Lee l'entende. J'ai essayé de la faire taire.

— Vous l'avez frappée ?

— Je ne crois pas. Elle était ivre. Elle me griffait, j'essayais de lui faire entendre raison.

— Vous aviez l'intention de la tuer pour qu'elle se taise ?

— Non, monsieur. Elle m'a échappé et s'est mise à courir.

— Vous reconnaissez ces chaussures. Elles vous appartiennent ?

184

— Oui, monsieur. J'ai pensé le lendemain qu'on pourrait retrouver des traces dans le sable et je les ai jetées.

— Pas de question ?

Quand O'Neil eut quitté la chaise des témoins, le coroner appela :

— M. O'Rourke.

Celui-ci se contenta de se lever sans quitter sa place.

— Je n'ai rien à ajouter, dit-il. A moins qu'on ait des questions à me poser.

Il prenait un air modeste, presque étonné, comme s'il n'était pour rien dans ce qui venait de se passer, et Maigret grommela entre ses dents :

« Vieille ficelle, va ! »

Alors, en homme excédé, le coroner lut un texte donnant la charge du jury à Ezechiel, qui s'engageait à l'empêcher d'entrer en communication avec qui que ce fût pendant la durée des délibérations.

Puis il donna quelques explications aux cinq hommes et à la femme, et on les vit disparaître dans une pièce dont la porte de chêne se referma.

Dans la galerie, on revoyait les chemises blanches, les cigares et les cigarettes, les bouteilles de coca-cola.

— Je crois que vous avez tout le temps d'aller déjeuner, dit O'Rourke à Maigret. Ou je me trompe fort, ou ils en ont pour une heure ou deux.

— Avez-vous lu mon billet ?

— Excusez-moi, cela m'était sorti de la tête.

Il tira l'enveloppe de sa poche, la fit sauter, lut un seul mot : « O'Neil. »

185

Un instant, il abandonna son sourire toujours un peu gouailleur pour observer son confrère.

— Vous aviez compris aussi qu'il ne l'avait pas fait exprès ?

Au lieu de répondre, Maigret questionna :

— Que va-t-il lui arriver ?

— Je me demande si on pourra l'accuser de viol, car, au début tout au moins, la fille était consentante. Il ne lui a pas porté de coups. Il reste contre lui, en tout cas, le faux témoignage.

— Et cela va chercher dans les dix ans ?

— C'est exact. Ce sont des gamins, des sales gamins, n'est-ce pas ?

Sans doute pensaient-ils tous les deux à Pinky et à sa crise. Les gamins étaient non loin d'eux, tous les cinq. Le sergent Ward et Mullins se regardaient à la dérobée, comme s'ils s'en voulaient de s'être soupçonnés mutuellement.

Allaient-ils se rapprocher, redevenir amis comme avant ? Passeraient-ils l'éponge sur l'histoire de la cuisine ?

Ward, après une hésitation, accepta la cigarette que l'autre lui tendait, mais ne lui parla pas tout de suite.

Wo Lee avait fait ce qu'il avait pu pour répondre honnêtement aux questions sans charger ses camarades. Il se tenait, tout seul, contre une colonne, buvant un coca-cola qu'on était allé lui chercher.

Van Fleet parlait à mi-voix avec le *deputy-sheriff* Conley, comme s'il éprouvait encore le besoin de s'expliquer, cependant qu'O'Neil, tout seul, le visage hermétique, regardait

farouchement le patio où les jets d'eau rafraîchissaient la pelouse.

« Des sales gamins ! » avait dit O'Rourke, qui
était prêt à commencer allégrement une nouvelle enquête.

Il proposa à Maigret, comme s'il ne voyait
pas comment s'en tirer :

— On prend un verre sur le pouce ?

Qu'est-ce qui les empêchait l'un et l'autre de
retrouver leur cordialité et leur bonne humeur
de la veille ? Ils se dirigeaient vers le bar du
coin et retrouvaient plusieurs de ceux qui
avaient passé les deux journées précédentes à
l'audience. Personne ne discutait le coup. Chacun buvait son verre solitairement.

Sur les étagères, le soleil jouait le long des
bouteilles multicolores. Quelqu'un avait glissé
cinq cents dans la machine à musique. Un ventilateur vrombrissait au-dessus du bar, et,
dehors, des autos passaient, souples et lui-
santes.

— Il arrive, commença Maigret d'une voix
hésitante, qu'on se sente à l'étroit dans un vêtement de confection qui vous gêne aux entour-
nures. Il arrive même parfois que cette gêne
devienne intolérable et qu'on ait envie de tout
arracher.

Il but son verre d'un trait, en commanda un
autre. Il se souvenait des confidences d'Harry
Cole, évoquait des milliers, des centaines de
milliers d'hommes, dans des milliers de bars,
qui, à la même heure, noyaient consciencieusement la même nostalgie, le même besoin
d'impossible, et qui, le lendemain matin, avec
l'aide d'une douche et de la bouteille à débar-

bouiller les estomacs, redevenaient des braves gens sans fantômes.

— Il y a fatalement des accidents, soupira O'Rourke en coupant avec soin la pointe d'un cigare.

Si Bessy n'avait pas entendu de bruit... Si elle ne s'était pas imaginé, dans son ivresse, qu'on la traitait en fille perdue...

Cinq hommes et une femme — des vieillards, un nègre, un Indien à jambe de bois — étaient réunis sous la surveillance d'Ezechiel et s'efforçaient, au nom de la société consciente et organisée, de rendre un verdict équitable.

— Il y a une demi-heure que je vous cherche. Combien de temps, Julius, vous faut-il pour boucler vos bagages ?

— Je ne sais pas, pourquoi ?

— Mon confrère de Los Angeles est impatient de vous voir. Un des plus fameux gangsters de l'Ouest a été abattu il y a quelques heures au moment où il sortait d'une boîte de nuit d'Hollywood. Mon confrère est persuadé que cela vous intéressera. Vous avez un avion direct dans une heure.

Maigret ne revit jamais Cole, ni O'Rourke, ni les cinq hommes de l'Air Force. Il ne connut jamais le verdict. Il n'eut même pas le temps d'acheter des cartes postales représentant des cactus en fleur dans le désert, qu'il s'était promis d'envoyer à sa femme.

Dans l'avion, il écrivait, sur un bloc posé sur ses genoux :

Ma chère Madame Maigret,

Je fais un excellent voyage, et mes confrères d'ici sont très gentils avec moi. Je crois que les Américains sont gentils avec tout le monde. Quant à te décrire le pays, c'est assez difficile, mais figure-toi qu'il y a dix jours que je n'ai pas porté un veston et que j'ai une ceinture de cowboy autour du ventre. Encore heureux que je ne me sois pas laissé faire, car j'aurais des bottes aux pieds et un chapeau à large bord comme dans les films du Far-West.

Au fait, je suis dans le Far-West et je survole en ce moment des montagnes où on rencontre encore des Indiens avec des plumes sur la tête.

Ce qui commence à me paraître irréel, c'est notre appartement du boulevard Richard-Lenoir et le petit café du coin qui sent le calvados.

Dans deux heures, j'atterrirai dans le pays des vedettes de cinéma et...

Quand il s'éveilla, le bloc avait glissé de ses genoux ; une stewardess, aussi jolie que sur une couverture de magazine, lui fixait gentiment sa ceinture de sûreté autour du ventre.

— Los Angeles ! annonça-t-elle.

Il apercevait, en plan incliné, car l'avion virait déjà sur l'aile, une immense étendue de maisons blanches entre les collines vertes, au bord de la mer.

Qu'est-ce qu'il faisait là ?

Tucson (Arizona), le 30 juillet 1949

Composition réalisée par JOUVE

IMPRIMÉ EN ALLEMAGNE PAR ELSNERDRUCK
Dépôt légal Édit : 11816 - 06/2001
LIBRAIRIE GÉNÉRALE FRANÇAISE - 43, quai de Grenelle - 75015 Paris.
ISBN : 2–253–14236–0